D1488209

Herencia de pasiones
Michelle Reid

Bianca®

HARLEQUIN®

Editado por HARLEQUIN IBÉRICA, S.A.
Hermosilla, 21
28001 Madrid

I.S.B.N.: 84-671-3836-X
Depósito legal: B-11765-2006
Editor responsable: Luis Pugni
Composición: M.T. Color & Diseño, S.L.
C/. Colquide, 6 - portal 2-3º H, 28230 Las Rozas (Madrid)
Fotomecánica: PREIMPRESIÓN 2000
C/. Algorta, 33. 28019 Madrid
Impresión y encuadernación: LITOGRAFÍA ROSÉS, S.A.
C/. Energía, 11. 08850 Gavá (Barcelona)
Fecha impresion para Argentina: 30.10.06
Distribuidor exclusivo para España: LOGISTA
Distribuidor para México: CODIPLYRSA
Distribuidores para Argentina: interior, BERTRAN, S.A.C. Vélez
Sársfield, 1950. Cap. Fed./ Buenos Aires y Gran Buenos Aires,
VACCARO SÁNCHEZ y Cía, S.A.
Distribuidor para Chile: DISTRIBUIDORA ALFA, S.A.

Capítulo 1

HABÍA cierta elegancia antigua en aquella habitación con paneles de nogal que hacía que la idea de gritar de furia pareciese totalmente inaceptable. En circunstancias normales, a Anton Luis Ferreira Scott-Lee ni siquiera se le habría ocurrido.

Pero no había nada de normal en aquella situación y la furia estaba allí, latente, incluso aunque estuviera contenida.

—Tendré que dimitir –anunció, haciendo que las dos personas que lo acompañaban entraran en un completo estado de alarma.

Su madre era demasiado joven para tener cincuenta años y demasiado hermosa como para ser viuda, pero aparentemente no demasiado joven, tras haberse casado a los diecinueve, como para esconder un pasado sombrío que había regresado para perseguirla.

—Pero, *meu querido*… –dijo ella tras recuperarse levemente–. ¡No puedes dimitir!

—No creo que me quede otra opción.

Maria Ferreira Scott-Lee se estremeció y apartó sus ojos marrones de su hijo.

—No digas locuras, chico –dijo Maximilian Scott-Lee con impaciencia–. ¡Esto no tiene nada que ver con el banco! Vamos a tratar de mantener la objetividad.

¿Max quería objetividad? Anton apartó la mirada

de su madre, observó al hombre al que llevaba toda su vida llamando tío y sintió la inminente necesidad de darle un puñetazo en la cara.

En aquel asunto, no había objetividad, pensó mientras se giraba para mirar por una de las ventanas que rodeaban el estudio de la casa de los Scott-Lee en Belgravia.

Fuera, hacía un día horrible. La lluvia golpeaba con fuerza las pocas hojas que quedaban en los árboles de la plaza. Anton sabía cómo se sentían esas hojas. Dos horas antes, había sido un día soleado de invierno en Londres y él asistía a una reunión, seguro en su posición como director del prestigioso banco Scott-Lee.

Pero ahora se encontraba vagando a la deriva como las hojas golpeadas por la tormenta.

Apretó la mandíbula enfatizando el hoyuelo que tenía en la barbilla, un hoyuelo que no se habría parado a cuestionar hasta ese mismo día, al igual que no se había parado a cuestionar muchas cosas sobre él mismo que, de pronto, lo miraban cara a cara.

¿Y por qué debería hacerlo? Era el hijo único de la belleza brasileña Maria Ferreira y del adinerado banquero inglés Sebastian Scott-Lee, o eso había creído hasta ese momento, y naturalmente había dado por hecho que sus rasgos latinos eran herencia de su madre mientras que su mente empresarial provenía de su difunto padre inglés.

Al principio, tras leer la carta de un brasileño llamado Enrique Ramirez que decía ser su verdadero padre, había pensado que se trataba de algún tipo de broma macabra. Había necesitado enfrentarse a su madre y a su tío en esa conversación para darse cuenta de que la teoría de la broma no era cierta. En ese momento, se encontraba tratando de aceptar no sólo el hecho de que aquel hombre brasileño dijera la verdad, sino el hecho de que el hombre al que siempre había considerado su padre hubiese sabido siempre de la aventura de su madre con Enrique y que él no fuese su verdadero hijo. Una adopción silenciosa y discreta le había garantizado a Anton una posición legal en la vida de Sebastian Scott-Lee, al igual que la seguridad de que jamás descubriría la verdad.

—Sabes tan bien como yo que sin ti el banco se iría a pique —dijo Max tras un largo silencio—. Tú eres el banco, Anton. Si dimites, la gente querrá saber por qué te has ido. La verdad saldrá a la luz inevitablemente, porque este tipo de cosas tan jugosas siempre se saben, y el apellido familiar quedará…

—Pues esta verdad no salió a la luz —contestó Anton con frialdad.

—Porque mi hermano se aseguró de que fuese así —añadió Max—. ¿Quién diablos habría imaginado que Ramirez aparecería con sus últimos deseos y el testamento?

—¿Y no se te ocurrió pensar nunca que yo tenía derecho a saberlo? —le preguntó Anton a su madre.

Maria se puso tensa y agarró con fuerza el pañuelo que sostenía sobre su regazo.

—Tu padre no quería que…

—¡Enrique Ramirez es mi padre! —exclamó Anton.

—No —dijo Maria mientras negaba con la cabeza—. Enrique fue un terrible error en mi vida, Anton. Tú no tenías que…

—¿… saber que he estado viviendo una mentira durante mis treinta y un años de vida?

—Lo siento —susurró Maria llevándose el pañuelo a la boca.

—Escucharte decir eso no ayuda mucho.

—No comprendes que…

–¿Cómo voy a comprender? –dijo Anton–. Pensé que era el hijo de un hombre al que quería y reverenciaba por encima de todos los hombres. Ahora descubro que soy el resultado de una aventura extramatrimonial que tuviste con un semental brasileño vividor y jugador de polo.

–No fue así –dijo Maria poniéndose cada vez más pálida–. Estuve con Enrique antes de casarme con tu padre.

–Deja que me aclare –dijo Anton–. Tuviste una aventura con este tipo. Te dejó embarazada, así que buscaste un sustituto apropiado para ocupar su lugar, encontraste a Sebastian ¿y simplemente le cargaste conmigo? ¿Así, sin más?

–¡No! –exclamó su madre poniéndose en pie por primera vez desde que había empezado la discusión–. ¡No permitiré que me hables en ese tono tan insultante, Anton! Tu padre lo sabía. ¡Siempre lo supo! Fui sincera con él desde el principio. Me perdonó y te quiso como si fueras su propio hijo. Su nombre aparece en tu certificado de nacimiento. Él te crió. Estaba muy orgulloso de cada uno de tus logros y nunca te trató mal. Así que no te atrevas a deshonrar su memoria hablando de ello con odio.

Anton se giró con una mezcla de rabia y resentimiento. Había adorado a su padre y había tratado de parecerse a él en todo lo posible. Al morir Sebastian en un accidente de coche, Anton había estado meses sumido en un agujero negro inundado por la pena.

–Siempre supe que no me parecía en nada a él –dijo.

–Mi hermano sabía que no podía tener hijos, Anton –añadió Max con severidad–. Ya sabía eso cuando conoció a Maria y se enamoró de ella. Cuando le dijo lo tuyo, él vio tu inminente nacimiento como un regalo.

–Un regalo que insistió en que se mantuviese en secreto.

–No le niegues el derecho a tener su orgullo –dijo su tío con un suspiro.

Pero Anton no podía pensar en ese momento en el orgullo de nadie que no fuera el suyo.

–Soy el hijo de un brasileño –murmuró–. Vivo como un inglés, hablo, pienso y me comportó como un inglés y… ¡Mierda! –exclamó y dio un puñetazo al marco de madera de la ventana al recordar algo. Algo que llevaba seis años tratando de olvidar.

En ese momento, una cara apareció frente a él, una cara indudablemente adorable, con ojos oscuros y una boca carnosa y deseable. «Pero no puedo casarme contigo, Luis. Mi padre no lo permitiría. Nuestra sangre portuguesa debe permanecer pura…».

–¿Ramirez es un apellido portugués? –preguntó de pronto.

–Sí –contestó su madre.

Anton trató de respirar profundamente, pero no lo consiguió. Se sentía furioso por dentro mientras revivía aquel momento de su vida en el que aquella mujer le había dicho que no era lo suficientemente bueno para ella.

Apretó los dientes enfatizando el hoyuelo de su barbilla. No era lo suficientemente bueno. Nadie antes se había atrevido a decirle algo semejante.

Y jamás volvería a darle la oportunidad de decírselo de nuevo.

Y fue entonces cuando sintió el frío, un frío que aquellos que lo conocían advertían con temor. Se giró para observar la sala y vio a su madre tratando de contener las lágrimas. Su tío simplemente parecía viejo. La salud de Maximilian no era buena. Había sufrido su primer ataque al corazón, que lo había obligado a apartarse del banco, tan sólo semanas después de la muerte de su hermano. Las palabras que entonces le había dirigido a su afligido sobrino habían sido: «Toma las riendas, chico. Confío en ti para hacer que esta familia se sienta orgullosa».

Esa palabra de nuevo. «Orgullo».

Se tensó al pensar en eso. Para estar realmente orgulloso de alguien, se le tenía que aceptar por lo que era. Esa gente que decía adorarlo, sólo adoraba una mentira que habían construido para proteger su propio orgullo.

Anton se acercó al escritorio que había pertenecido a Sebastian antes de morir y dejar todo lo que poseía, incluyendo la casa en Belgravia, la finca familiar cerca de Ascot y casi todas las acciones del banco Scott-Lee, a la persona de la que tan orgulloso se sentía y a la que llamaba su hijo.

Pero Anton no se sentía orgulloso en ese momento. Más bien se sentía furioso y engañado en demasiados aspectos.

Sobre el escritorio había unos documentos que le había enviado el abogado que llevaba el caso de Ramirez. Tratando de contener una vez más las emociones, buscó entre los papeles hasta encontrar el apropiado.

—Aún hay más —dijo, y vio cómo su madre y su tío se tensaban—. Yo no soy el único sobre el que este tipo reclama la paternidad. Hay dos más como yo en alguna parte. Dos hijos más.

¿Dos hermanastros con madres mentirosas? Apretó los labios con ira al pensar en ello.

—Teniendo en cuenta el estilo de vida vividor y despreocupado de Ramirez, podrían estar en cualquier parte.

—¿Quieres decir que no lo ha dicho?

–No, no exactamente –dijo Anton con cinismo–. ¿Qué conseguiría él haciendo que todo fuera tan simple?

Ya estaba empezando a conocer a Ramirez, y eso no le hacía ninguna gracia. De hecho no lo soportaba.

–Pero si está muerto…

–Sí –asintió Anton–, pero se lo sigue pasando bien a costa de mí y de mis hermanastros. Ha estado años siguiéndonos la pista a los tres.

Era como si hubieran invadido su intimidad, como si hubiera sido espiado por un acosador sin cara. A Anton se le ponían los pelos de punta al pensar en las cosas que sabía Ramirez sobre él. A qué colegios había ido, sus éxitos académicos. Estaba al corriente de cada trofeo deportivo que había ganado, de cada trato financiero que había sellado con éxito. Incluso conocía todos los demás trofeos que había acumulado en ese otro campo deportivo, su cama.

–Nos ve como a tres obsesionados con el sexo –concluyó–. Así que, a su juicio, pretende enseñarnos a mis hermanos y a mí una lección en la vida que, aparentemente, él no aprendió hasta que no fue demasiado viejo y era demasiado tarde para cambiar lo que era.

Vio cómo su madre se estremecía al escuchar la intimidad con la que ya se refería a sus hermanos.

–Ramirez tenía mucho dinero –continuó–. Y no estamos hablando de unos pocos millones. Poseía minas de diamantes, de esmeraldas, algunos de los campos de petróleo más ricos de Brasil… –el hecho de advertir por sus caras que les estaba contando cosas que ya sabían no hizo que se sintiera mejor–. Nosotros, sus tres hijos, podremos compartir el botín –explicó sarcásticamente–. Siempre y cuando cumplamos varias condiciones que nuestro horrible y cobarde padre dejó escritas en su testamento.

–Enrique no era horrible –protestó su madre.

–¿Y entonces cómo era? –preguntó Anton.

–Era agradable, guapo, encantador, como tú.

Anton sintió cómo la furia volvía a acumularse en su interior al ver que su madre seguía defendiendo a aquel canalla.

–¿Qué tipo de condiciones? –preguntó Maximilian desde su asiento.

–Sólo puedo hablar por mí, porque de eso es de lo único que habla aquí –dijo él–. Tengo que plantearme mis galanteos con las mujeres –añadió con una sonrisa sarcástica–. Tengo que hacerme responsable, encontrar una esposa, sentar la cabeza y engendrar herederos.

–¡Dios mío! –exclamó Max–. Ese hombre debía de estar loco cuando se le ocurrió.

Viniendo de un soltero convencido, la actitud de su tío tenía sentido.

–Eso hace que me pregunte qué tendrán que hacer mis hermanos antes de ganarse el derecho de conocerme.

–Tú no tienes que hacer nada, querido –dijo su madre–. No necesitas su dinero. No necesitas nada de…

–No quiero su maldito dinero. ¡Quiero conocer a mis hermanastros! –exclamó Anton, vio cómo su madre se estremecía y se maldijo a sí mismo por ello. Y maldijo a Ramirez por hacerles eso a todos ellos. Su madre tenía razón, él no tenía que hacer nada. Pero saber eso no cambiaba el hecho de que se sentía engañado, de que sentía que le habían negado el derecho de saber muchas cosas sobre sí mismo.

Pero en esa ocasión no dejaría pasar la oportunidad de conocer a aquéllos de su propia sangre, sin importar el precio que tuviera que pagar.

El precio.

Volvió a centrar la atención en los papeles que se extendían frente a él y releyó el párrafo en el que Ramirez lo acusaba de haber abandonado a una mujer seis años antes, dejándola en una situación muy mala. Insistía en que Anton enmendase aquello y le daba seis meses para hacerlo. Entonces, tendría que presentarse ante un abogado en Río con esa mujer como su esposa y tras haberla dejado embarazada, o de lo contrario no podría conocer a sus hermanos y su parte de la herencia pasaría a ella.

—¿Y qué vas a hacer? —preguntó su madre.

Anton no la escuchó. Estaba demasiado concentrado mirando el nombre que había escrito en negrita sobre el papel. Un nombre que le hacía recordar la imagen de aquella mujer de pelo largo y negro con su boca provocativa y aquellos ojos negros que tenían la capacidad de convertirse en rubíes incandescentes cuando…

—¿Anton…?

Levantó la vista al escuchar a su madre, pero no la vio, porque en su lugar veía a la otra mujer que tan importante había sido en su desarrollo como persona. Su cuerpo ardía por dentro cada vez que se permitía…

—Anton, por favor, dinos lo que pretendes hacer —le rogó su madre.

—Llevar a cabo sus deseos —murmuró con voz fría y severa.

—¿Qué? ¿Casarte por orden de un muerto? —preguntó su tío horrorizado—. ¿Estás loco, chico?

«Completamente loco», pensó Anton sintiendo cómo el calor crecía dentro de él. «Pero decidido a hacerlo». Iba a perseguir, atrapar y casarse con aquella mentirosa llamada Cristina Marques, y a convertir su vida en un infierno sexual.

La vieja y descuidada sala de lectura que había sido el refugio de su padre retumbó con el sonido de las voces alteradas.

–Por el amor de Dios, Cristina, tienes que escucharme. Si tú…

–No, escúchame tú –exclamó ella golpeando el escritorio con fuerza–. ¡He dicho que no!

Rodrigo Valentim se sentó frustrado de nuevo en su asiento.

–Si no sigues mis consejos –dijo con un suspiro–, ¿entonces qué estoy haciendo aquí?

–Estás aquí como mi abogado para encontrar la manera de sacarme de esto.

–Y te lo repito –dijo él–. No puedo hacer eso.

Cristina se enderezó sin dejar que su esbelta figura diera señales de la fuerza que se acumulaba en su interior. Echó la cabeza hacia atrás haciendo que sus rizos negros le cayeran por detrás de los hombros y luego le dirigió a Rodrigo una mirada desafiante.

–Entonces tendré que buscarme un abogado que pueda, ¿no es cierto?

Otro suspiro más, y la expresión de Rodrigo de llevar cuarenta años en la profesión se sustituyó por una sonrisa atribulada.

–Si creyera que así se cambiaría algo, entonces yo mismo te llevaría ante uno. ¿Es que no lo comprendes, amiga mía? –dijo–. Santa Rosa está en bancarrota. Si no aceptas esta oferta, desaparecerá.

Fue como darle un latigazo a un animal herido. Los sollozos de Cristina fueron como una tortura para los oídos del abogado. Ella se dio la vuelta y se llevó las manos a las mangas de su jersey mientras se alejaba del escritorio. Se acercó a la ventana y observó la llanura, donde los gauchos deambulaban libres y el machismo seguía imperando.

Ahí fuera, donde la mayoría de las fincas habían cedido su terreno a la soja o a las vides, Santa Rosa era una de los pocos ranchos de ganado que seguían en funcionamiento en aquella parte de Brasil. Allí siempre había mandado un Marques desde que sus antecesores portugueses habían reclamado su tierra y construido la casa en la que ella se encontraba.

Y allí estaba, pensaba Cristina, la última Marques de una larga saga, y una mujer.

Una mujer a la que obligaban a enfrentarse a la desaparición de la hacienda de los Marques, de su apellido y de su orgullo.

—Tu padre debería haberte dejado al mando hace varios años. De ese modo no tendrías este problema —dijo Rodrigo—. Era un viejo tonto y cabezón.

Cristina volvió a pensar en la palabra «machismo» y sonrió amargamente. Los hombres en aquella zona no delegaban en sus mujeres. Su padre había preferido ignorar lo que ocurría a su alrededor y esperar a morir en vez de dejarle a ella llevar las riendas de Santa Rosa.

—Necesitas invertir mucho para hacer que este lugar vuelva a funcionar —continuó Rodrigo—. Y necesitas hacerlo urgentemente. La oferta del consorcio Alagoas es más que generosa para lo que tú quieres, querida.

—Pero a un precio imposible.

El consorcio quería quedarse con una parte de Santa Rosa, lo cual les daría acceso a parte del bosque subtropical, que era de una belleza excepcional, aunque no era eso lo que les interesaba. El bosque separaba al resto del mundo de kilómetros y kilómetros de playas blancas, haciendo que fuera imposible acceder a ellas por tierra en la actualidad. Pretendían comprar esa parte del terreno, echar abajo el bosque y construir una carretera hasta el Atlántico, donde tenían previsto construir rascacielos en una zona virgen de la costa.

—Siempre hay un precio —dijo Rodrigo amargamente—. Tú, de todas las personas, deberías saber eso.

Porque ella ya había pagado una vez un precio muy alto para salvar Santa Rosa. Pero ese «precio» había muerto, gracias a Dios. Junto con el hombre que había sido capaz de vender a su hija para ganar unos cuantos años extra de confort en su ceguera de lo que estaba pasando. Pero allí estaba ella, con los ojos muy abiertos, viendo con claridad a quién le tocaba pagar el precio en esa ocasión. Si aceptaba la oferta, el terreno, la gente que vivía en él y el bosque serían sacrificados.

—¿Cuánto tiempo tengo para tomar una decisión?

—Desean demasiado sellar el trato como para poder esperar un tiempo —contestó Rodrigo.

Cristina asintió y se giró.

—Entonces dejemos que esperen —dijo—. Mientras, yo rogaré a los bancos para que me ayuden.

—Ya has hecho eso varias veces.

—Y lo haré tantas veces como sean necesarias hasta que se me acabe el tiempo.

—Se te está acabando, Cristina —dijo Rodrigo—. Los lobos ya están aullando a tu puerta.

—Debo seguir intentándolo —Cristina se giró hacia la ventana. Tras ella, Rodrigo observó su esbelta figura con exasperación y respeto a la vez.

Era preciosa, exquisita, el tipo de mujer que a sus veinticinco años debería haber tenido el mundo a sus pies. De hecho, había habido un tiempo en el que ella había tenido ese privilegio.

Pero entonces algo había ocurrido en la casa que la había hecho huir, y no se había sabido nada de ella durante más de un año. Cuando había regresado finalmente, ya no era la misma persona. Se había hecho más dura y fría, como si alguien le hubiera robado la luz que le había hecho ser aquella criatura tan salvajemente bella. Había regresado a aquella casa, marchándose pocas semanas después siendo la esposa de Vaasco Ordoniz, un hombre tan viejo como el padre que tan felizmente le había vendido a su hija.

Durante un año ella había vivido en Río como esposa florero de un viejo rico. Se había enfrentado a sus críticos y a su crueldad sin mostrar una pizca de sus verdaderos sentimientos. Cuando Ordoniz había caído enfermo y se había retirado a su rancho, se había llevado a Cristina con él, y no se había vuelto a saber nada durante los dos años siguientes. Entonces Ordoniz había muerto y había salido a la luz que había estado jugándose el dinero, dejando a su esposa cazafortunas sin un penique. De modo que había tenido que regresar a casa de su padre y convertirse en sirvienta y enfermera de otro hombre viejo y enfermo.

–De acuerdo, lo intentaremos una vez más –dijo Rodrigo, y se preguntó al instante si estaría siendo cruel por ofrecerle algo de esperanza–. Creo que conseguiremos algo de ayuda esta vez. Gabriel conoce a la gente apropiada –no añadió que su hijo ya había hablado con un hombre de negocios anónimo que buscaba invertir en Brasil. Rodrigo no quería darle muchas esperanzas–. Puede que Gabriel sea capaz de que te escuchen aquéllos que antes no lo hacían.

Aun así, cuando Cristina se giró para mirarlo, podía verse la esperanza crecer en el brillo de sus ojos.

Rodrigo suspiró y añadió:

–Puede que Gabriel se mueva en los círculos apropiados, Cristina, pero los hombres de negocios son conocidos por ser despiadados. No invertirán en ti sin pedir nada a cambio.

Capítulo 2

ANTON lo vio mientras cruzaba el vestíbulo del hotel y se detuvo en seco.

Le había ocurrido con frecuencia desde que se había enterado de que tenía dos hermanastros. Veía a un hombre con pelo oscuro o cualquier cosa que se pareciera a él y se detenía al instante tras sentir un vuelco en el corazón.

–¿Anton? –preguntó Kinsella. El extraño había desaparecido tras uno de los salones, quitándole a Anton la tentación de ir a preguntarle si su padre había sido un rico brasileño jugador de polo que había dejado hijos bastardos en cada puerto.

Comenzó a sentir la furia de nuevo, aunque no dejó que se le notara. Llegaron hasta los ascensores. Eran cuatro en total. Los dos ejecutivos parecían cansados por el desfase horario mientras que Kinsella, su nueva secretaria personal a la que acababan de ascender en Scott-Lee, parecía tan fresca y despejada como siempre.

Anton la miró y ella le dirigió una sonrisa de aquéllas que decían: «estoy disponible si me deseas». Era una rubia preciosa de ojos azules, con una figura destinada a volver locos a los hombres. Hasta ese momento había sido bueno tenerla a su lado, porque era atractiva y sus habilidades en el trabajo eran incuestionables, ¿pero tener sexo con el jefe…?

Anton bajó la mirada y fingió no advertir la invitación, ni la súbita tensión palpable en los alrededores del ascensor. Además de su regla de no acostarse con empleadas, no había deseado tocar a una mujer desde el día en que su vida, tal como la conocía, había cambiado por completo.

Se abrieron las puertas del ascensor y los dos ejecutivos salieron rápidamente al pasillo, ansiosos por irse a sus habitaciones, pero Kinsella tardó unos cuantos segundos más antes de hacer lo mismo.

Una vez más, Anton ignoró aquella pequeña vacilación.

–Comed algo y luego dormid un poco –dijo él–. Os veré a todos en mi suite a la siete y media para desayunar. Buenas noches –concluyó, y las puertas se cerraron una vez más.

Anton bostezó y se metió las manos en los bolsillos del pantalón, apoyándose contra la pared del ascensor mientras ascendía al ático, donde no sólo tenía el mejor alojamiento posible, sino también despachos adjuntos y una sala de juntas donde transcurriría la mayor parte de su jornada.

Prefería trabajar desde su hotel cuando realizaba una visita sorpresa a una de sus oficinas del extranjero. De ese modo podía pillar a todo el mundo desprevenido. Entonces ponía a todos los jefes de departamento a prueba antes de volverse a marchar al hotel, dejando a los empleados recuperándose de la visita. Se meterían con él y suspirarían aliviados de que se hubiera marchado. Luego comenzarían a ponerse al día con aquello que pensaban que conocían en profundidad y de lo cual, tras la visita de Anton, se daban cuenta de que no sabían nada en absoluto.

Las puertas del ascensor se abrieron de nuevo. Anton cruzó el vestíbulo privado y abrió la puerta de la habitación. La suite era como todas las suites de hotel en las que había estado a lo largo de los años, con un lujoso salón, dos dormitorios con un baño cada uno, y una puerta que conducía a la zona de trabajo.

Ya había llegado su equipaje, pero lo ignoró y se dirigió directamente al mueble de las bebidas para asegurarse de que le hubieran llevado una botella de su whisky escocés favorito. Se sirvió un vaso, añadió un poco de agua mineral a la mezcla y se lo llevó hasta las puertas de cristal que daban a la terraza.

Nada más salir a la terraza, las luces y los sonidos de Río penetraron en sus sentidos, agitándolos y dándoles un ritmo que sólo alguien con sangre latina podría comprender.

Aquel ritmo rápido debería haberlo llenado de alegría, pero no era así. De hecho, era todo lo contrario. Habían pasado seis largos años desde la última vez que había contemplado la bahía y, si se hubiera salido con la suya, habrían pasado otros seis más, si no toda una vida, antes de volver a contemplarla.

Dio un trago de whisky y sintió el calor en la lengua y el fuego en la garganta. Antes solía gustarle Río de Janeiro. Aquella maravillosa ciudad había sido una vez como un hogar lejos de su hogar durante la niñez, cuando solía ir de visita con su madre y, más tarde, al pasar un año entero trabajando en la sucursal que su banco tenía allí.

Pensó entonces que más le habría valido quedarse en Inglaterra. Entonces no habría conocido jamás a Cristina y no habría pasado un año entero enamorado de una mentira.

De otra mentira.

Aquella ira que había ido formándose en su interior durante semanas volvió a sacudir su sistema nervioso. Regresó dentro, cerró la puerta y eligió un dormitorio al azar. Diez minutos después, estaba cerrando los grifos que echaban agua a borbotones en una enorme bañera.

La bañera tenía que ser lo suficientemente grande como para albergar a un hombre con su porte. Medía un metro ochenta y tres centímetros descalzo, y cada parte de su cuerpo era puro músculo. Sus hombros eran anchos, su torso moldeado y las caderas estrechas. Todo eso soportado por dos piernas fuertes. Luego estaba su pelvis, que alojaba el arma más destructiva de su arsenal sexual. Estaba hecho para seducir, para garantizar horas y horas de placer. Lo sabía, al igual que lo sabían sus mujeres.

Pero aquello no le importaba mientras se sumergía en la bañera. Estaba cansado y harto, y deseaba estar en cualquier otro sitio. Estiró los hombros bajo el agua, suspiró y cerró los ojos.

Si no era suficiente haber tenido que atravesar medio mundo para llegar allí, había pasado todo ese tiempo estudiando obsesivamente a cada hombre alto y moreno que se cruzaba en su camino, tratando de encontrar señales que pudieran relacionarlo con él.

Odiaba no saber.

Odiaba Río.

Si le hubieran dado la oportunidad de elegir, habría estado en cualquier lugar menos allí. Pero la elección era algo que se le había negado por un simple nombre.

Cristina Marques.

Sus músculos se tensaron y frunció el ceño al pensar en ella. Apretó los dientes y deseó con todas sus fuerzas que otras partes de su cuerpo dejaran de responder ante aquel nombre.

Suspiró y se pasó la mano mojada por la cara. El agua caliente hizo que la piel se le enrojeciera ligeramente, pero no hizo nada por disminuir la incomodidad de una barba de doce horas. Pensó que debía haberse afeitado antes de llegar allí. Debería haberse lavado los dientes.

Aquel segundo pensamiento hizo que estirara la mano para alcanzar el vaso de whisky, que había rellenado antes de meterse en la bañera. El whisky sabía mejor que cualquier pasta de dientes y era más útil a la hora de relajar la tensión de sus músculos, aunque no de otras partes de su cuerpo.

Lo que necesitaba era una mujer, cualquier mujer. Había pasado demasiado tiempo sin una. Había estado demasiado ocupado con el trabajo, con su mal humor y tratando de organizar el viaje. Tal vez una mujer fuera la mejor medicina para curarle de la única mujer a la que no deseaba desear.

Quizá debiera haber roto sus propias reglas y haberse llevado a Kinsella a la cama. Quizá una rubia esbelta de ojos azules fuera la cura perfecta de sus males. Pero…

No. Tal vez hubiese cerrado la puerta a las luces y los sonidos de Río, pero su ritmo interno seguía vibrando en su sangre, y sólo una mujer morena y caliente podría satisfacerlo. Una que supiera instintivamente que lo único que deseaba que hiciera era meterse desnuda con él en la bañera y hacerle pasar una experiencia inolvidable.

Sonrió ligeramente y notó cómo sus hombros comenzaban a relajarse mientras dejaba divagar su mente. Tendría un par de pechos grandes con un tacto firme bajo sus manos. Sus pezones serían oscuros, le encantaban, y su cuerpo dorado y sedoso se arquearía sobre él con placer.

Saboreó el whisky una vez más. No sabía igual que una mujer, pero lo saboreó como si así fuera mientras la mujer de su fantasía comenzaba a tomar forma.

Tendría ojos oscuros y calientes, y sus pestañas negras y largas disimularían el brillo del apetito sexual de que disfrutaría mientras lo excitaba. Anton decidió que tendría pelo negro y ondulado, y lo suficientemente largo como para que le acariciara el pecho y los hombros mientras se inclinaba para darle un beso y él la penetraba y...

–¡Mierda!

Se incorporó tan abruptamente, que derramó whisky en la bañera. Estaba describiendo a Cristina. Había estado mintiendo al flirtear con una fantasía y construyendo la réplica perfecta de la única mujer de la que debía olvidarse.

«Díselo a tu cuerpo», pensó, dejó el vaso a un lado y se pasó las manos por la cara una vez más. Se levantó y salió de la bañera con el agua resbalándole por el cuerpo. Al alcanzar una toalla para secarse, rozó accidentalmente con esa parte de su cuerpo que se había convertido en una agonía de deseo desbocado, y se estremeció. Dejó caer la toalla y volvió a meterse en la bañera para darse una ducha fría.

No quería desear a Cristina. No quería recordar cómo era. Quería ser realista y esperaba que, cuando se encontrase cara a cara con ella, se hubiera convertido en un adefesio.

E iba a estar cara a cara con ella, pensó mientras salía de la ducha, sintiéndose un poco más bajo control. Los engranajes para que eso sucediera ya se habían puesto en marcha y pronto, muy pronto, llegaría su confrontación con Cristina Marques.

El teléfono comenzó a sonar cuando estaba terminando de afeitarse. Salió desnudo del baño y descolgó el auricular.

–La he seguido hasta Río, señor –dijo una voz masculina y claramente brasileña–. Está alojada en casa de

Gabriel Valentim. Él la acompañará a la gala benéfica mañana por la noche, como esperábamos.

–Bien –dijo él–. Cuéntame el resto mañana.

–Antes de que vaya usted allí, hay algo que he descubierto que creo que debería saber, señor –dijo Alfonso Sanchiz apresuradamente–. No lo mencionaba en el informe que me envió, pero hace seis años, la señorita en cuestión se casó con un hombre llamado Vaasco Ordoniz. Ahora es viuda y ha vuelto a utilizar el apellido Marques, pero…

Cristina no quería estar allí. Estar de fiesta mientras su vida se derrumbaba a su alrededor le dejaba un mal sabor de boca. Pero Gabriel insistía en que era la única manera. Los mejores tratos se sellaban de esa forma, y no sobre un escritorio en algún banco.

Así que allí estaba, de pie en el vestíbulo de uno de los hoteles más lujosos de Río, vestida con un conjunto de seda negra. Llevaba el pelo recogido con una elegante coleta y los diamantes de su difunta madre brillaban en sus orejas y en su cuello.

Habría vendido los diamantes si hubieran valido algo, pero había descubierto que no era así. Eran imitaciones, imitaciones muy buenas, pero imitaciones al fin y al cabo. No tenía ni idea de cuándo su padre había tomado los auténticos y los había reemplazado por aquéllos, pero no le cabía duda de que era eso lo que había hecho. De hecho, en los meses posteriores a su muerte, había descubierto que quedaban muy pocas cosas en Santa Rosa que no fueran copias de sus originales. Sólo vivía con la esperanza de que, cuando Lorenco Marques se encontrara con sus antepasados coleccionistas de arte de camino al cielo, éstos le dieran un empujón en dirección contraria.

Gabriel la conducía hacia unas puertas tras las cuales la gala benéfica a la que estaban a punto de asistir se encontraría en su máximo apogeo. Dos mozos sonrientes se apresuraron a abrirles las puertas y el sonido de la bossa nova los envolvió mientras dejaban atrás el vestíbulo y entraban en la inmensa sala donde se había organizado la recepción, frente a una pared de cristal.

La gente charlaba animadamente y a Cristina le dio un vuelco el estómago y, por un momento, su valor la abandonó por completo, haciendo que se detuviera en seco.

Desde el otro lado de la sala, Anton observaba cómo ella entraba del brazo de uno de los hombres más atractivos del lugar. Seguía siendo bella. Llevaba el pelo demasiado peinado para su gusto, y tal vez el vestido fuera lo suficientemente sexy como para llamar la atención de todos los hombres, pero a él nunca le había gustado verla de negro. A ella le sentaban bien los colores brillantes que fueran a tono con su temperamento caliente. Pero su cara, sus ojos, su boca…

Ah, esa boca. Seguía siendo tan provocativa y deseable como recordaba. Una boca que sabía instintivamente cómo…

Su acompañante le murmuró algo al oído. Cuando ella levantó la mirada para sonreírle, Anton sintió una súbita tensión camuflada por un intenso calor. Era la sonrisa de una seductora nata. Una sonrisa que una vez había empleado solamente para él. Era la mentira en esa sonrisa lo que había arruinado las sonrisas de todas las demás mujeres desde entonces.

¿Se acostaría con Gabriel Valentim? ¿Habría disfrutado aquel guapo abogado de una sesión de sexo en la bañera con la viuda de Vaasco Ordoniz antes de llegar allí?

–Anton, tu copa está vacía…

Miró hacia abajo y comprobó que así era frunciendo el ceño, pues no recordaba haberse bebido el champán. Debía de haber estado bebiéndoselo mientras observaba a Cristina con su nuevo amante.

–Deja que te la rellene.

Kinsella le quitó la copa vacía. Al hacerlo, su cuerpo rozó contra el de Anton. No llevaba sujetador bajo el vestido, así que sintió el roce de su pezón contra su mano.

¿Sería otro mensaje sexual de su secretaria? Sintió la furia en su interior y se sintió desorientado al ver cómo el acompañante de Cristina se inclinaba y le daba un beso en la mejilla.

–Deja de preocuparte –dijo Gabriel suavemente–. Nadie te va a comer.

¿No? Pensaba Cristina. Seis años antes, ella había escandalizado a esa gente casándose con un hombre lo suficientemente mayor como para ser su padre. Desde ese momento, se había convertido en una cazafortunas inmoral a ojos de los demás. Descubrir que Vaasco Ordoniz la había dejado sin dinero no cambiaría la opinión que su viuda les merecía.

En ese momento apareció un camarero llevando una bandeja con bebidas.

–Toma –dijo Gabriel mientras le entregaba una copa de champán–. Recuerda por qué estás aquí. Tómate el champán y deja de poner cara de pena.

–No estoy poniendo cara de pena –dijo Cristina tratando de ignorar el modo en que se le aceleraba el pulso–. Simplemente no me hace gracia la idea de tener que ser agradable con gente que ya no me gusta.

–¿Eso me incluye a mí?

Al levantar la mirada y ver el rostro bronceado del hombre al que conocía desde su niñez, Cristina observó cierta sorpresa en sus ojos color ámbar y no pudo evitar sonreír.

–Gracias por hacer esto por mí –dijo ella suavemente–. Sé que tu padre ha tenido que obligarte.

–No necesito que me obliguen a estar con una mujer hermosa, querida –dijo él mientras le cubría la mano con los dedos y le llevaba la copa a los labios–. Y deberías conocerme lo suficiente como para saber que yo no soy uno de los que creen en esos rumores sobre tu naturaleza de cazafortunas.

–¿Cambiaría algo si te dijera que esos rumores son ciertos?

–¿Con respecto a que yo te acompañe? Mira a esta gente, Cristina. ¿Crees que ninguno de ellos tiene cosas que esconder? Soy abogado, como mi padre. Esa profesión me permite el acceso a información privilegiada que le pondría a mucha gente los pelos de punta. Sigue mi consejo y míralos a todos como si fueran ladrones. Entonces comenzarás a sentirte mejor contigo misma.

–¿Son todos ladrones? –preguntó Cristina sorprendida.

–No –contestó Gabriel riéndose–. Pero ayuda mucho verlos así.

Alguien se acercó entonces a saludar a Gabriel, un perfecto extraño para Cristina, así que pudo relajarse un poco mientras Gabriel hacía las presentaciones e incluso sonreír mientras bebía champán y escuchaba a los dos hombres conversar. Pocos minutos después, el extraño se alejó y comenzaron a moverse.

Gabriel tenía la mano sobre su cintura. Tenía buena reputación y sus buenas maneras y personalidad extrovertida hacían que la gente quisiera acercarse a él. Por suerte, pudo esquivarlos a todos convenientemente para que ella no tuviese que encontrarse cara a cara con ninguno de sus antiguos amigos.

Fue entonces cuando ocurrió. Cuando estaba comenzando a relajarse, oyó aquella voz tan inglesa hablando con un portugués tan correcto. Ella se había dado la vuelta sin tener la oportunidad de pensar.

Para entonces ya era demasiado tarde. Su movimiento había captado su atención y se encontró en un instante siendo el objeto de su mirada.

Luis, pensó. Era Luis.

Estaba de pie a menos de cuatro metros. Cristina sintió que las piernas le fallaban, la cabeza comenzaba a darle vueltas con tanta fuerza, que por un momento verdaderamente pensó que iba a desmayarse. De pronto era como si no hubiera nadie más en la habitación. No se escuchaba ninguna voz. Ya no había bossa nova. Lo único que podía escuchar era la sangre palpitando con fuerza por sus venas mientras aquellos ojos la observaban fijándose en todo, despojándola de seis miserables años y dejándola tan expuesta y vulnerable, que apenas se sentía capaz de apartar la mirada.

Y él tampoco iba a hacerlo. Cristina vio cómo comenzaba a estudiar cada detalle de su cara. Sus ojos sorprendidos, sus mejillas blancas y, finalmente, sus labios ligeramente separados.

Aquellos labios temblaron como si él los hubiera tocado y él sonrió. La sensación fue tan familiar, que Cristina se dejó llevar por la excitación que recorría todo su cuerpo. Habían sido amantes durante doce meses hacía más de seis años, pero sin embargo, durante aquellos pocos segundos, fue como si aquellos años no existieran.

Cristina comenzó a temblar. Él observó eso también y la miró a los ojos, dejando ver la burla en los suyos verdes mientras levantaba su copa a modo de un saludo tan cínico, que Cristina regresó a la realidad de inmediato.

La odiaba. Podía verse en sus ojos. Y no podía culparlo por sentirse así. Ella le había impulsado a odiar, se lo había ganado como una actriz haciendo una interpretación merecedora de un Oscar. Se había burlado de él, lo había maldecido y había muerto cada vez un poco más con cada comentario que le había lanzado a la cara.

Comenzó a sentir las lágrimas acumulándose en su garganta y quemándola como si de ácido se tratase. Lo amaba y lo amaría mientras estuviese viva, pero había deseado con todas sus fuerzas no tener que volver a verlo.

Alguien se movió a su lado, una mujer que se acercó y le murmuró algo al oído. Era una rubia hermosa y esbelta que llevaba un vestido de seda color aguamarina. Fuera lo que fuera lo que le hubiera dicho a Luis, fue suficiente para que Cristina perdiera el contacto visual con él, pues se giró hacia la mujer con una sonrisa sensual y perezosa en los labios.

Y Cristina conocía esa sonrisa. Eran amantes. Sintió los celos crecer dentro de ella como un animal salvaje y, con un leve gemido, se dio la vuelta.

Temblando de pies a cabeza, se acercó todo lo que pudo a Gabriel, que le dirigió una mirada extrañada sin desviar la atención de la conversación que estaba manteniendo.

–El problema ha sido global –estaba diciendo suavemente–. Pero la industria muestra síntomas de mejoría y tenemos un plan para llegar los primeros allí donde se produzca el crecimiento. La gente pagará un alto precio por animales purasangre. Santa Rosa puede proporcionarles eso, ¿verdad, Cristina?

—Los animales de Santa Rosa nacen y se crían en una tierra donde puedan correr libres —dijo ella, haciendo un esfuerzo por encontrar las palabras adecuadas—. Estamos orgullosos de seguir todavía empleando métodos de crianza tradicionales donde la calidad siempre es más importante que la cantidad.

—Pero la cantidad es lo que da dinero, señorita —señaló el compañero de Gabriel.

—Sí —asintió ella tratando de mantenerse calmada—. Lo sabemos, y por eso queremos diversificarnos un poco, convertir Santa Rosa en un escaparate donde la gente pueda ir y quedarse un rato, experimentar lo que es vivir en una genuina mansión portuguesa, y pasar tiempo con los gauchos, aprendiendo de la vida y de las auténticas tradiciones de un rancho. Pero esos planes requieren una inversión…

—Pero es un gran riesgo para el inversor, creo yo —dijo una voz suave como la seda.

Tanto Gabriel como su interlocutor se giraron para mirar al recién llegado. Cristina no lo hizo, no otra vez, se dijo a sí misma sintiendo cómo los latidos de su corazón se intensificaban.

—La mayoría de las inversiones que merecen la pena requieren también un gran riesgo, señor —contestó Gabriel.

—El truco para que un inversor tenga éxito es aprovechar esas inversiones que tienen alguna posibilidad de beneficio.

—Comprometiéndose con el trabajo duro y una auténtica dedicación podemos asegurarles a nuestros inversores un beneficio —declaró Gabriel sin dudarlo un instante—. Deje que me presente —añadió soltando a Cristina para estirar la mano—. Soy Gabriel Valentim, y ésta es…

—Sé quién es —dijo Anton suavemente, y le colocó

la mano en la espalda, acariciándola con una suavidad demasiado familiar–. Cristina, querida, supongo que me recuerdas.

Cristina necesitó toda su fuerza de voluntad para darse la vuelta y mirarlo. Sentía que su interior le daba vueltas incluso antes de levantar la barbilla y mirarlo directamente a los ojos.

–Luis –respondió ella con frialdad.

–Te equivocas –dijo él con su acento más inglés–. Anton. Anton Scott-Lee.

Anton Luis Ferreira Scott-Lee, se dijo a sí misma. Anton para la mayoría de la gente, pero Luis para ella. Un hombre con dos caras. Su cara inglesa y su cara brasileña.

Y en ese momento estaba frente a su cara brasileña.

–No te preocupes –dijo él suavemente–. Contestaré al nombre de Luis si te apetece usarlo.

Cristina sentía cómo sus pulmones se quedaban sin aire. Estando tan cerca como estaba, él era todo lo que ella recordaba. Todo. Separó los labios ligeramente mientras buscaba desesperadamente algo inteligente que decir.

–¿Se trata de una broma? –preguntó Gabriel sin comprender nada mientras unos dedos blancos y largos tiraban de la manga de la camisa de Luis, llamando la atención de Cristina.

Los dedos pertenecían a la rubia acompañante de Luis. Cristina observó sus ojos azules y se quedó de piedra al contemplar la frialdad que desprendían. ¿Sería ése el tipo de mujer que Luis prefería en la actualidad?

–Nada de bromas –dijo él haciendo que Cristina volviera a mirarlo–. Cristina y yo somos viejos amigos… amantes.

Cristina tuvo que hacer un gran esfuerzo por seguir respirando al oír esa palabra, sin hacer caso a nada que no fueran aquellos ojos o aquella sonrisa.

Sintió la caricia de un pulgar en la palma de su mano y miró hacia abajo, observando asombrada cómo los dedos de Luis se deslizaban suavemente sobre los suyos.

−¿Cristina? −preguntó Gabriel al ver que tardaba mucho en contestar.

Ella levantó la cabeza sin verlo, sin ver nada. Ni siquiera advirtió la mirada de ira que inundó los ojos de la acompañante de Luis. Su corazón había dejado de latir. Una infinidad de antiguos sentimientos se apelotonaban en su interior, haciendo que su rostro palideciera y que le fuese imposible pensar con claridad.

−Por favor −dijo ella de pronto soltándole la mano a Luis−. Perdonadme, necesito usar el lavabo.

Y de ese modo se dio la vuelta y huyó, dejando un asombroso silencio en su lugar.

Consiguió llegar al vestíbulo pensando que las piernas iban a fallarle. Un camarero que pasaba no tuvo más que mirarla una vez y ver su rostro para acompañarla al lavabo más cercano. Cristina cerró la puerta tras ella y se apoyó sobre ella. Le temblaba todo el cuerpo. Atravesó la habitación y se sentó en el retrete.

Luis estaba allí, en Río.

−*Meu Deus* −susurró.

¿Por qué habría ido allí? ¿Por qué en ese momento, después de tantos años? ¿Por qué iba a tener interés en hablar con ella?

Entonces regresó a su memoria aquella escena final que habían tenido hacía seis años. Podía ver a Luis allí de pie, asombrado, mirándola como si estuviera loca.

–¿Qué ocurre? Tú me amas. ¿Por qué estás haciendo esto? Vivimos aquí juntos durante un año antes de que yo tuviera que regresar a Inglaterra para asistir al funeral de mi padre. Ese año debió de significar algo para ti. Debes de haberte dado cuenta de que yo iba en serio –había dicho él.

–Las cosas cambian –había contestado ella, pero Luis ni siquiera había advertido la agonía en su rostro, furioso como estaba con ella.

–¿En tres meses? No es cierto –había negado él vehementemente–. Me hiciste prometer que regresaría a buscarte y aquí estoy, como prometí, con una proposición de matrimonio y billetes de avión para llevarnos a una nueva vida. Por el amor de Dios, Cristina, yo te quiero. Quiero que seas mi esposa, quiero tener hijos contigo y envejecer contigo. Quiero ver a esos hijos hacerse mayores y tener sus propios hijos.

–Nunca me casaré contigo, Luis –había dicho ella–. Nunca tendré hijos contigo. Ya está. Ya lo he dicho. ¿Podrás aceptarlo ahora?

Oh, sí, claro que lo había aceptado. Cristina había podido observarlo al contemplar la expresión sombría de su rostro.

–¿Porque no quieres estropear ese maravilloso cuerpo que tienes?

–Eso es –había dicho ella–. Soy egoísta e increíblemente vanidosa. También soy una Marques, con tres siglos de sangre portuguesa corriendo por mis venas. Mezclar mi sangre con tu sangre medio inglesa sería un pecado y un sacrilegio que haría que mis ancestros se revolvieran en sus…

Un rápido golpe en la puerta fue la única señal que recibió antes de que se abriera de golpe. Cristina levantó la cabeza y volvió a quedarse helada.

Capítulo 3

LUIS no estaba tan afligido. Cerró la puerta tras él y corrió el cerrojo del que ella se había olvidado al entrar allí. Entonces se giró hacia ella, apoyó los hombros contra la puerta, se metió las manos en los bolsillos y la miró fijamente, esperando a que ella hiciera el próximo movimiento.

Vestido con un traje negro y una camisa blanca, daba la impresión de manejar la situación a la perfección. La habitación era demasiado pequeña y estaba demasiado iluminada. Además, él estaba demasiado cerca como para que Cristina se sintiese cómoda. La energía sexual tenía tanta fuerza, que atraía su atención irremediablemente.

Sintiendo cómo se le secaba la boca, Cristina contempló cada parte de su cuerpo. Nada en él había cambiado, nada. Seguía teniendo el pelo negro, corto y sedoso y la piel bronceada y suave. Sus ojos verdes seguían brillando con la misma intensidad y su boca conservaba todo su poder de seducción.

—Al salir corriendo hacia aquí como un conejo asustado, pensé que se te olvidaría echar el pestillo, porque siempre se te olvidaba cerrar las puertas. Así que pensé: ¿por qué no reunirme con ella y revivir los viejos tiempos? —dijo él.

Cristina se puso en pie tambaleándose y agarrándose al lavabo para no caerse.

–¿Qué… qué quieres? –preguntó con voz temblorosa.

–Ésa es una buena pregunta –contestó él con una sonrisa sardónica mientras miraba a su alrededor–. Podríamos hacer que esta habitación ardiera, si quisieras. Podrías quitarte la ropa y ambos nos refrescaríamos la memoria –sugirió–. Por el modo en que me miras, querida, deduzco que estás preparada para ello. Y yo desde luego estoy preparado. ¿Así que, qué diablos? Podríamos hacerlo contra la bañera, en la bañera, en la ducha o simplemente donde estabas sentada hace un momento. O podrías tumbarme sobre el frío mármol y arrastrarte sobre mí. Solía gustarte arrastrarte sobre mí, Cristina. ¿Te acuerdas? Te gustaba hacerme suplicar y luego reírte en mi cara mientras dejabas que te penetrara. «Te tengo, Luis», solías decir con aquella voz tan sugerente y triunfante. «Eres mío».

–¡Cállate! –exclamó ella–. ¿Cómo te atreves a hablarme de ese modo? Sal de aquí, Luis. ¡Fuera!

Él hizo lo contrario. Se apartó de la puerta y se acercó a ella con tal decisión, que Cristina se encontró a sí misma apoyada contra el lavabo. Era como estar atrapada en una jaula con un depredador de ojos verdes. Jamás se había sentido tan asustada.

–No –susurró ella mientras él le colocaba la mano sobre su hombro desnudo.

Deslizó la otra mano por su nuca mientras ella se arqueaba en un esfuerzo por poner distancia entre ellos. Las caderas de él rozaron contra su estómago y ella se estremeció. Él sonrió, pero la sonrisa inmediatamente abandonó sus labios. Entornó los ojos, separó los labios ligeramente e inclinó la cabeza hacia delante para besarla.

El depredador, el depredador hambriento. Cristina era devorada a su merced y sintiendo cómo su boca era invadida por aquel beso, por aquella lengua que la exploraba ansiosa.

Él comenzó a deslizar la mano que tenía sobre su hombro a través de su espalda muy lentamente. A Cristina le temblaba todo el cuerpo para cuando Luis la agarró y la apretó contra él. Su olor, su tacto y el erotismo de sus besos borraron de un plumazo seis años de separación y, mientras ella le rodeaba el cuello con los brazos, gimió para dar a entender que se había rendido.

Tras ese momento, los dos estuvieron besándose como posesos hambrientos de sexo. Era una locura. Se movían el uno contra el otro, gimiendo, jadeando, agarrándose. Al menos ella. Cualquier cosa con tal de que aquello no parase. Se le había subido la falda hasta las caderas, ayudada por la mano de Luis, y él la estaba tocando con aquella familiaridad tan íntima de un amante apasionado, presionando su cuerpo contra ella para que pudiera sentir la prueba de su excitación.

Era el deseo puro y duro fuera de control. Estaba caliente pero, a la vez, tiritaba, horrorizada consigo misma, pero a la vez ansiosa por más.

–¿Ahora? –preguntó él–. ¿Quieres que sea aquí y ahora, señora viuda de Ordoniz?

Cristina abrió los ojos y vio que él la estaba observando con frialdad y cinismo. Estaba excitado. Podía sentir el poder y la fuerza de su erección contra ella. Pero sin embargo parecía tener todo el control.

No como ella.

Él seguía teniendo la mano sobre su pelvis y Cristina, avergonzada, la apartó de un golpe, haciendo que Luis diera un paso atrás como si no le importara en absoluto.

–¿Quién te crees que eres para tratarme de ese modo? –preguntó ella agarrándose el dobladillo del vestido.

–Alguien por quien sigues sintiéndote atraída –contestó él antes de darse la vuelta–. Y recomponte un poco. Tenemos que hablar y no disponemos de mucho tiempo.

Miró su reloj al tiempo que decía eso con la mayor naturalidad del mundo. Mientras que ella estaba hecha un desastre, él era un hombre tan plenamente contenido, que Cristina sintió las lágrimas amenazando con salir.

–No tenemos nada de qué hablar –dijo ella. Sólo quería que saliese de allí.

–Claro que sí –dijo él dándose la vuelta para insistir–. Tienes serios problemas, Cristina, entre otras cosas porque estoy de vuelta en la ciudad. Pero hablaremos de eso en algún otro momento. Tengo una proposición que hacerte.

–No quiero tener nada que ver contigo.

–Al final de la velada sí que querrás –le aseguró él con una seguridad insultante–. Y deja de mirarme como si fuera una serpiente sólo porque hayas descubierto que te sigo atrayendo. De hecho, es algo bueno que sientas eso. De lo contrario, te echaría a los lobos.

–No sé de qué estás hablando.

–Claro que lo sabes. Y levantar la barbilla en actitud desafiante y mirarme con odio no cambiará nada. Siempre fuiste una mentirosa muy hábil, y claro que sabes de lo que estoy hablando. Cometiste un grave error hace seis años cuando me despreciaste con tus mentiras y huiste para casarte con un viejo con un pie en la tumba. Deberías haberme escuchado más atentamente cuando te dije lo mucho que yo merecía la pena. Incluso mi sangre medio inglesa puede saber dulce si va a acompañada de millones. Mírate –le dijo con actitud burlesca–. Una marginada en tu tan preciada sociedad portuguesa. Y mírame a mí. El medio inglés que es la única oportunidad que tienes de salvar tu orgullo.

—No eres la única persona con dinero que hay aquí esta noche —contestó Cristina sintiendo ganas de volverse a sentar, pero manteniéndose en pie precisamente gracias a su orgullo.

«Hermosa», pensó Anton. «Excitante incluso aunque esté ahí tratando de asesinarme con la mirada. Y sí, estoy preparado para ello. Sea lo que sea lo que pensara Enrique Ramirez de nuestra relación de hace seis años, estoy dispuesto a cumplir sus condiciones y casarme con la viuda de Ordoniz. La dejaré embarazada y me vengaré no diciéndole nunca que mi sangre es tan portuguesa como la suya».

—Trata de adular a todo el mundo durante el resto de la velada —sugirió él—. Nunca se sabe. Puede que tengas suerte y te lleves a otro viejo dispuesto a sacarte de la ruina a cambio de usar tu maravilloso cuerpo. Pero, por si acaso no lo consigues, llama a este número —añadió mientras le entregaba una tarjeta—. Ahí aparece mi línea privada en el hotel —le explicó mientras ella observaba la tarjeta—. Y recuerda que, si llamas, tienes que preguntar por Anton Scott-Lee, no por Luis.

Con ese último comentario se dio la vuelta, se acercó a la puerta, quitó el pestillo y salió del baño, dejando a Cristina mirándolo absorta.

Se hizo el silencio y ella comenzó a temblar de nuevo. Entonces pudo oír la voz de Luis en el vestíbulo diciéndole a alguien que buscara otro baño porque ése estaba estropeado.

—Créame. No creo que quiera entrar ahí dentro —le oyó decir con un perfecto acento inglés y provocando la risa de alguna mujer, cosa que hizo que a Cristina se le llenaran los ojos de lágrimas.

Cuando ponía esa voz, podía conquistar a todo el

mundo. La había conquistado a ella para llevársela a la cama sin mucho esfuerzo seis años antes.

Para una chica fácilmente impresionable acostumbrada a vivir en el campo con su padre, Luis había sido el típico hombre de cuento de hadas. Joven, guapo, apasionado. Era tan excitante estar con él, que había convertido su escapada a Río en la experiencia más mágica de su vida.

Y lo había amado plenamente. Aún lo amaba. Cuando había despreciado a Luis seis años antes, también había entregado su corazón, viviendo durante todos esos años sin él.

Cuando las risas desaparecieron y volvió a hacerse el silencio, Cristina trató de recomponerse y se giró para comprobar el estado de su maquillaje y de su pelo. Trató de disimular la hinchazón que habían dejado sus besos con un pintalabios rojo, pero no tuvo éxito. ¿Cómo iba a tenerlo mientras sus ojos brillaban y su piel seguía sonrojada por la humillación y la vergüenza?

Se giró, respiró profundamente y se obligó a regresar a la fiesta, donde le escuchó decir a Gabriel que Luis ya se había marchado con su hermosa acompañante.

–¿De qué lo conoces? –preguntó él–. ¿Sabes quién es? Tiene acciones en una gran cantidad de bancos, y si hubiera sabido que lo conocías, podríamos habernos aprovechado de eso. Pero el modo en que saliste corriendo me temo que haya podido arruinar cualquier oportunidad.

–Lo siento –murmuró ella sin sentirlo en absoluto–. De pronto me sentí mareada. Pensé que preferirías que no lo estropeara todo vomitándole en los zapatos.

Lamentablemente sus esfuerzos por conseguir dinero fueron vanos. Para cuando Gabriel la condujo de vuelta a su coche, el estado de ánimo entre ambos se había vuelto más sombrío. Mientras él conducía hacia su apartamento, el silencio se hizo sobre ellos como un peso pesado que los rodeaba.

—No hay nada que hacer, Cristina —dijo Gabriel finalmente—. La mayor parte de la gente que había allí esta noche tiene acciones en el consorcio Alagoas. Quieren que te rindas y vendas.

La verdad era que Cristina no se sintió del todo sorprendida, aunque se preguntaba cuántas acciones poseería Luis.

Fue lo primero que le preguntó cuando lo llamó por teléfono desde la habitación que Gabriel le había dejado para su estancia en Río. Había dejado a Gabriel sentado en una silla en el salón, bebiéndose una copa de brandy antes de salir de nuevo para reunirse con su amante.

—¿Es relevante? —preguntó Luis.

—Si lo que quieres es verme fracasar como quiere todo el mundo, entonces sí —contestó ella—. Es relevante.

—Ven a mi suite a las doce en punto —fue todo lo que él dijo—. Y no te molestes en traer contigo a tu amante.

—¿Amante?

—El rubio guapo con los dientes extremadamente blancos —explicó él con tono sarcástico.

—¿Te refieres a Gabriel?

—Sí, me refiero a Gabriel.

—Pero si está…

—Excluido, querida —dijo él fríamente—. Y lo digo en serio. Excluido de tu vida y del negocio. Si quieres que rescate tu preciada Santa Rosa, entonces de ahora en adelante sólo te relacionarás conmigo.

Cristina colgó el teléfono. Anton dejó el auricular sobre su pecho desnudo y dejó escapar una risotada.

Le había colgado, la muy ladina.

La risa se convirtió en una sonrisa mientras se relajaba sobre las almohadas. Se imaginaba que sus ojos estarían cargados de ira en ese momento.

Nadie le decía a Cristina Marques lo que hacer. En cuanto alguien trataba de darle órdenes, se convertía en una mujer fatal cargada de veneno. Se ponía furiosa y, a veces, insoportable. Habían tenido peleas en sus doce meses de relación que habían hecho que todo Río se echase a temblar.

A él solía gustarle su impulsividad. Solía gustarle quedarse tranquilo mientras la provocaba y esperaba a que ella se lanzase sobre él con las garras afiladas. Reducirla con la facilidad de un hombre de fuerte constitución física había sido una delicia y, a la vez, una provocación. Ella daba patadas, mordía, arañaba. O al menos lo intentaba.

En ese momento, el teléfono volvió a sonar.

–¡Tú a mí no me das órdenes, Luis! –exclamó Cristina cuando él descolgó–. Estamos hablando de negocios, y en los negocios nadie sería tan tonto como para reunirse contigo sin llevar consigo a su abogado.

–¿Acaso he dicho que vayamos a hablar de negocios? –preguntó él. El silencio se hizo a través de la línea telefónica–. *Boa noite, amante. Sonhos doces.*

Y con eso colgó el teléfono.

Cristina se quedó quieta, completamente frustrada y rabiosa. Ese «buenas noches» ya le había dejado suficientemente claro el mensaje. Pero el «dulces sueños» dejaba claro lo que él esperaba que hiciera durante toda la noche.

Él no iba a ceder un ápice. La tenía donde quería y lo sabía. Al igual que sabía que aquel beso en el baño había despertado cosas en ella que la iban a tener despierta toda la noche. No quería volver a desear a Luis. No quería volver a sentir que había perdido el control.

Justo cuando estaba a punto de lanzarse sobre la cama y llorar desesperadamente llamaron a la puerta del dormitorio y apareció Gabriel.

—Erais amantes —anunció él como si de una acusación se tratara.

Cristina se lanzó contra él llorando y se quedó ahí durante un rato hasta que no le quedaron lágrimas. Entonces Gabriel la envió al cuarto de baño para que se lavara y se cambiara para irse a dormir. Cuando regresó, él ya había retirado las sábanas. Sin decir palabra, vio cómo se tumbaba en la cama y se acurrucaba como una niña indefensa.

Gabriel se sentó en el borde de la cama y le acarició el pelo y la mejilla. A Cristina se le volvieron a llenar los ojos de lágrimas.

—Se notaba en el modo en que le llamabas Luis —explicó él—. Y en la tensión sexual que había entre vosotros. Pero no me di cuenta hasta hace unos minutos. Cuando saliste corriendo, él fue detrás de ti como un hombre poseído por un fuerte deseo sexual, e hizo que su hermosa acompañante se convirtiera en tu enemiga.

—¿Son amantes? —preguntó ella sin poder evitarlo mientras los celos la comían por dentro.

—Bueno, desde luego ella quiere que así sea —dijo Gabriel—. Y no le gustó cuando tú lo alejaste de ella.

—Por mí puede quedárselo. Tiene mi bendición —dijo ella, y lo pensaba de verdad.

—Háblame de ello.

Cristina cerró los ojos y se negó a hablar, pero entonces volvió a abrirlos.

—¿Qué crees que estás haciendo, Gabriel? —preguntó al ver que él se quitaba los zapatos.

—Ponerme cómodo —contestó Gabriel, y se tumbó en la cama junto a ella, abrazándola—. Tranquilízate —añadió al notar que ella se resistía—. Estás tan segura en mis brazos como jamás lo estarás en los brazos de ningún hombre, y lo sabes. Pero no pienso marcharme hasta que no me lo hayas contado todo. ¿Lo entiendes, Cristina? Quiero saberlo todo.

—Tuvimos una aventura hace seis años —contestó ella sin más.

—¿No sería el año de la misteriosa desaparición de Cristina Marques?

—Me escapé —admitió ella—. Mi padre no me dejaba ir a la universidad, así que fui sin su permiso.

—Y él se puso furioso.

—¿Crees que me importó? Él creía que el lugar de la mujer era la casa, haciendo de esclava para los hombres.

—Era un tirano despiadado.

—Sí —convino ella—. Pensé que ibas a volver a salir.

—Mi amante puede sobrevivir sin mí una noche —dijo él—. Esto es mucho más interesante que el sexo. ¿Cuánta gente desearía saber qué le ocurrió a la hermosa heredera Marques durante el año en que estuvo desaparecida?

—Menuda heredera —dijo ella riéndose amargamente, pensando que lo único que había heredado era el orgullo de los Marques, que no le servía para nada.

—Continúa, por favor —dijo él—. ¿Te escapaste de casa y te fuiste a la universidad?

—No —contestó Cristina frunciendo el ceño—. Primero tenía que ganar el dinero para ir a la universidad, así que conseguí un trabajo en un bar en Copacabana. Dormía en una pequeña habitación en la parte de arriba.

Se trataba de una habitación calurosa y sin aire, y

había trabajado durante muchas horas en el bar. Cuando Luis la encontró, había comenzado a preguntarse si el futuro a las órdenes de su padre no sería tan malo.

Luis era alto, moreno, guapo, y con un maravilloso acento inglés. El corazón le dio un vuelco al recordarlo. Se acurrucó contra Gabriel y se lo contó todo. Desde su atracción inmediata hasta el momento en que se fue a vivir a su apartamento.

Aquel año había sido algo maravilloso, lleno de amor, pasión, risas. Una introducción al tipo de mundo que jamás hubiera pensado que existía más allá de las páginas de las novelas románticas.

–… Entonces su padre murió en un accidente de coche y tuvo que regresar a Inglaterra –concluyó.

–¿Fin de la historia?

–Sí –contestó ella.

–¿Simplemente le dijiste adiós y regresaste a Santa Rosa?

Eso ocurrió tres meses después, recordaba Cristina amargamente.

–No acabamos bien –fue lo único que pudo decir.

–¿Él quería que fueras con él? –preguntó Gabriel, pero ella no contestó–. ¿Preferiste casarte con Vaasco Ordoniz?

Tampoco hubo respuesta, pero él sintió cómo ella se estremecía al escuchar el nombre de su difunto marido.

–Y ahora tu antiguo amante reaparece –añadió.

–Sí –contestó Cristina. No tenía sentido negar eso. Luis había vuelto. Más grande, más fuerte y más frío de lo que ella recordaba. Y, desde luego, mucho más deseable–. Se ha ofrecido a financiarme.

–¿Y el precio?

El sexo era el precio. La última vez él le había ofrecido matrimonio, pero en esa ocasión le ofrecería otra cosa. Ella podría enfrentarse a esa otra cosa. De hecho, estaba asombrada por lo mucho que deseaba tener esa otra cosa con Luis de nuevo.

—Eso lo descubriré mañana cuando me reúna con él.

—¿Ya lo habéis acordado?

—Sí.

Gabriel se incorporó y dijo:

—¿Y cuándo pensabas informarme de esa reunión?

—Primero tengo que hacerme a la idea.

—Tengo una agenda muy apretada mañana, y si el señor Scott-Lee quiere ir tan deprisa, entonces tendremos que…

—No, Gabriel —dijo Cristina suavemente colocándole una mano en el brazo—. Te estoy plenamente agradecida por haber venido en mi ayuda esta noche, pero de ahora en adelante me ocuparé de esto yo sola.

—No seas tonta, Cristina —dijo él frunciendo el ceño—. Ese hombre es un tiburón debajo de toda esa sofisticación inglesa. Y está hambriento. Pude verlo en sus ojos mientras te miraba. Quiere devorarte, querida. Si está dispuesto a ofrecerte ayuda, entonces querrá jugar primero un poco contigo.

—No —repitió ella—. Lo conozco. Puedo lidiar con él mejor si lo hago sola.

Capítulo 4

NO era nada malo ser valiente y estar decidida a ocuparse de eso sola, pero desde el momento en que Cristina puso el pie en el ascensor del hotel para ir a la suite, supo que no se sentía valiente en absoluto.

Gabriel tenía razón. Tenía que estar loca para ir allí sola. Se estaba buscando problemas. Los estaba pidiendo a gritos.

El ascensor se detuvo y sintió un vuelco en el estómago, pero lo que más le preocupaba era que ese vuelco no se debía enteramente al miedo. Se colocó frente a las puertas de la suite esperando a que se abrieran y sintió cómo un cosquilleo comenzaba a recorrer todo su cuerpo ante la expectación. ¿Ante la expectación de qué?

¿De ver a Luis con uno de esos albornoces blancos que tanto solía usar? ¿O incluso la expectación de ver a Luis desnudo? ¿Sería tan descarado?

Las puertas comenzaron a moverse y Cristina sintió que se le había olvidado cómo respirar. Levantó la barbilla automáticamente, como una mujer a la que le habían enseñado a mirar a los problemas a la cara. Si Luis pensaba que iba a llevársela a la cama más cercana, entonces iba a llevarse una...

Apareció una mujer. La misma rubia con la que Luis había estado la noche anterior.

–¿Señora Ordoniz? –preguntó la mujer con un inglés frío–. Soy Kinsella Lane, la secretaria personal del señor Scott-Lee. Si me sigue, lo conduciré hasta él.

Nada de Luis desnudo o vestido recibiéndola. No existía la amenaza de la intimidad de una suite de hotel con una cama enrome. Simplemente un vestíbulo privado con varias puertas cerradas y una mujer que se hacía llamar la secretaria personal de Luis, aunque sólo un tonto se creería algo así. ¿Por qué si no iba a estar allí, en la suite privada de Luis? ¿Acaso compartía la habitación con él? ¿Compartiría también su cama?

Mientras seguía a Kinsella Lane, sintió una rabia que rozaba los límites de los celos. La secretaria llamó a una puerta y luego abrió.

–La señora Ordoniz viene a verte, Anton –anunció en voz baja.

Varias cosas llamaron la atención de Cristina en ese momento, principalmente el nombre de Anton. Estaba apoyado en el borde de una mesa que ocupaba la mayor parte de aquella sala.

Allí había dos hombres más. Cristina no los vio. Sólo vio a Luis con su traje de negocios de color gris, un chaleco y una camisa blanca. Al ver su pelo negro peinado, sus rasgos bronceados y aquellas manos de dedos largos que empleaba siempre para enfatizar lo que decía, Cristina se quedó casi sin aliento. Y estaba hablando en inglés, dando instrucciones con una autoridad que mantenía a sus interlocutores en silencio.

Aquel hombre no era el Luis mágico y tierno que ella había conocido. Era Anton, el banquero despiadado, el gladiador de los negocios llevando la armadura de un hombre acostumbrado al poder.

Él giró la cabeza y la miró. Con la luz de la ventana tras él, sus ojos parecían incluso más oscuros que

los de ella. Dos puntos negros que la observaban atentamente.

A Anton le parecía que Cristina iba vestida como
para ir a un funeral, y sintió un torrente de ira surgien-
do en su interior seguido de algo más que no quiso
analizar.

Había pasado el tiempo suficiente analizando el
pésimo estado de las cuentas de Cristina como para
saber que poseía cientos de kilómetros cuadrados de
terreno idóneo para el pastoreo, miles de cabezas de
ganado purasangre. Poseía una montaña entera y un
valle muy fértil entre la montaña y una enorme franja
de bosque tropical. Y sin embargo había tenido que
pedir el dinero prestado para volar hasta Río.

No era de extrañar que se presentara allí vestida de
negro. La última vez que debía de haber llevado ese
horrible vestido habría sido probablemente en el funeral de su padre, y antes de eso, en el funeral de su marido. Para ella ese día debía de ser como otro funeral.

La muerte del orgullo de los Marques.

Entonces volvió a tener la misma sensación que
hacía unos segundos. ¿Pena? ¿Pero por qué iba a sentir pena por Cristina? Le había dado la espalda para
casarse por dinero. Por asegurarse la continuidad de la
pureza de la sangre de los Marques. No podía tener
pena por eso, debía despreciarla.

¿Y dónde estaban esos niños de sangre brasileña?

En ninguna parte. Vaasco Ordoniz había muerto
sin dejar descendencia. Así que no, no sentía pena por
Cristina.

Pero seguía deseándola, y más cuando ella se atre-
vía a desafiarlo levantando la barbilla como diciendo:
«Al diablo con lo que pienses de mí. Soy lo que soy y
no podrás cambiar eso».

Bueno, eso estaba por ver.

En ese momento Kinsella demandó su atención tocándole el brazo y diciéndole algo suavemente. Entonces, Anton descubrió que su secretaria estaba demasiado cerca. Le dijo algo cortante, no sabía qué, y luego se tomó un momento para despedir a los tres empleados mientras centraba de nuevo su atención en Cristina.

Finalmente la puerta se cerró y los dos quedaron solos.

Se hizo el silencio.

¿Su corazón latiría tan deprisa como el de él? ¿Estaría tan quieta porque, al igual que él, tenía miedo de que, si se movía, su deseo sexual explotase y no pudiera controlarlo?

Y aquellos ojos…

Aquellos ojos oscuros almendrados estaban mirándolo como si fueran a maldecirlo de no ser por lo ocupados que estaban devorándolo vivo.

Aquella mirada le afectó justo donde esperaba, entre las piernas, haciendo que su deseo sexual comenzara a crecer. La primera vez que se había fijado en ella, Cristina le había hecho lo mismo, convirtiéndolo en un chaval adolescente incapaz de controlar su deseo. El hecho de que aún pudiera hacerlo debería haberlo sorprendido, pero tras haber pasado la noche excitado por su culpa, ya había asumido el hecho de que ella lo excitaba como ninguna otra mujer… todavía.

Entonces Cristina sí que lo sorprendió, pues rompió la tensión que los rodeaba mirando hacia otro lado y acercándose a una de las ventanas de los laterales para contemplar la vista. No era la misma vista espectacular de la que él disfrutaba desde la parte privada de su suite, pero se trataba de un despacho, y los despachos estaban hechos para los negocios, no para proporcionarle a la gente una sugerente vista de Río de

Janeiro. No eran habitaciones hechas para la seducción, pero en su suite privada...

–Al menos podrías decir «Hola, Luis» –dijo él de
pronto tratando de no pensar en lo que no debía.

–No eres Luis, eres Anton –contestó ella con frialdad.

–¿Supongo que eso significa que tú quieres que te
llame señora Ordoniz?

–Soy una Marques –dijo ella girándose para mirarlo–. Siempre he sido y siempre seré una Marques.
Nunca he utilizado el apellido Ordoniz, así que te
agradecería que dejaras de usarlo y que se lo dijeras a
esa tal Kinsella Lane para que no vuelva a cometer el
mismo error.

–¿Ya tienes celos de ella?

Aquella broma hizo que Cristina lo mirara con
odio, pero ella recordaba tan bien como él lo celosa
que había sido siempre.

–Es tu querida, no te molestes en negarlo. Lo veo
en el modo en que te habla, y lo noto al no recibir de
ella más que frialdad.

–¿Querida? –repitió Anton–. Qué palabra tan anticuada.

–Entonces tu amante.

–Una amante depende solamente de la generosidad
de su benefactor para que le proporcione una vida fácil. Kinsella realiza un buen trabajo y no depende de
ningún hombre, no como otras.

–Yo nunca fui tu amante.

–Te di una casa, te di ropa, te di de comer y me
acostaba contigo. Es una buena definición de amante.

–Es ridículo el modo en que mariposea a tu alrededor.

–Pero es muy guapa y está muy dispuesta, querida
–contestó Anton con una sonrisa burlona–. Además no

tiene ataduras. ¿Cómo puede un hombre resistirse a eso?

—Pues entonces disfruta —añadió Cristina, y volvió a girarse hacia la ventana.

—El puesto es tuyo si lo quieres.

—No lo quiero.

—Entonces aquí acaba nuestro negocio.

Cristina lo miró confusa y observó cómo se apartaba de la mesa y cómo pasaba de estar bromeando a estar totalmente serio.

—Sabes por qué estás aquí, Cristina —dijo él con aire sombrío—. Si eres lo suficientemente tonta como para pensar que estás en posición de ponerme condiciones, entonces será mejor que te lo vuelvas a pensar.

—¡No compartiré tu cama con otra mujer! —exclamó ella.

—¡Harás lo que se te diga! —contestó él.

—No puedo entender cómo puedes desearme cuando me odias tanto —dijo Cristina tras tomar aliento.

—Es extraño —repuso él—. Yo me sentía confuso exactamente por lo mismo. Te odio, pero aún tienes la capacidad de excitarme más rápidamente que ninguna otra mujer que conozco, y eso, querida, es lo único con lo que puedes negociar —le advirtió—. Así que compórtate con sensatez y úsalo a tu favor en vez de ponerlo en duda. Ahora, ven y siéntate.

Colocó una silla junto a la mesa y descolgó el auricular.

—Café, por favor, Kinsella —le ordenó a su secretaria—. Brasileño, y que esté fuerte.

Cristina no había movido un músculo para cuando él se giró hacia ella. Comenzó a caminar hacia ella como un gato acechante y Cristina sintió todas las alarmas de su cuerpo dispararse. Conocía aquella expresión de su rostro, la recordaba de la noche anterior.

Comenzó a notar ese calor tan familiar entre los muslos. Respiró profundamente y dio un paso atrás, pero se encontró con la ventana y no le quedó más remedio que estirar los brazos.

—Anton...

—Luis —la corrigió él, ignorando sus manos y deslizando los dedos por sus codos para agarrarla y acercarla a su pecho. Hubo un momento de quietud absoluta entre ellos mientras se miraban a los ojos, y entonces él inclinó la cabeza y la besó.

No fue un beso agradable, ni siquiera profundo, pero cuando apartó la boca de nuevo, no había una sola parte de su cuerpo que no estuviera temblando.

—De acuerdo, tenemos elección en este momento —dijo él con frialdad—. Podemos tratar de comportarnos como personas civilizadas y sentarnos a hablar de negocios, o podemos ir en otra dirección, atravesar esa puerta que puedes ver ahí y que lleva a mi apartamento privado, tirarnos en la primera cama que encontremos y acabar con ese asunto primero. ¿Qué decides?

Cristina se humedeció los labios con la lengua y se quedó mirando fijamente el nudo de la corbata de Anton mientras trataba de encontrar la fuerza para hablar.

Él seguía agarrándole los codos y ella tenía las manos apoyadas contra su pecho, de modo que podía sentir los músculos de su cuerpo bajo el chaleco, sentir su corazón palpitar a un ritmo acelerado que indicaba qué opción preferiría él.

Y ella se sentía tentada. Le horrorizaba darse cuenta de lo tentada que se sentía de mandar a paseo los negocios.

—Es una dura elección, ¿verdad? —preguntó él tras un rato—. ¿Necesitas ayuda?

Antes de que Cristina pudiera darse cuenta de lo

que quería decir, él inclinó la cabeza y volvió a besarla. Deslizó la boca por su mejilla hasta llegar a su oreja, mordiéndole suavemente el lóbulo y haciéndola gemir levemente. Cristina se acercó más a él y deslizó los dedos desde su pecho hasta sus hombros, hundiéndolos después en su pelo negro y sedoso.

–Los negocios deberían ir siempre antes que el placer, querida –dijo él riéndose–, como sabría cualquier prostituta de la calle.

Le llevó un par de segundos darse cuenta de que la estaba comparando con una prostituta. Cristina se apartó inmediatamente sintiéndose humillada y, sin decir palabra, pasó junto a él, se acercó al asiento que le había colocado junto a la mesa y se sentó. Le escocían los ojos y le dolía el corazón. Sentía cómo por dentro su cuerpo se hacía pedazos y se odiaba a sí misma.

Al fin y al cabo él no había dicho más que la verdad. Ella era poco más que una prostituta vendiendo lo único que tenía y que podía interesarle a él.

Se hizo el silencio entre ellos. Si le decía una palabra más, Cristina sabía que su humillación sería completa, porque no podría contener las lágrimas por más tiempo. Quizá él lo supiese. Quizá aún poseyese la sensatez necesaria como para darse cuenta, porque lo único que hizo fue retomar su posición anterior apoyado en la mesa, desde donde lo dominaba todo. Cruzó los brazos y las piernas a la altura de los tobillos y esperó en silencio a que ella se calmase.

Anton se daba cuenta de que la había hecho pedazos. Saber eso debía llenarlo de satisfacción, pero, extrañamente, le sucedía justo lo contrario. Seis años antes, ella lo había destrozado a él echando por tierra todo lo que pensaba que sentían el uno por el otro y se había marchado tranquilamente. Si la venganza era lo que le había impulsado a él a hacerle eso, estaba descubriendo que no le gustaban nada las cosas que le hacía sentir.

—Hablemos de tu matrimonio —dijo él de pronto.

Ella se puso rígida como si le acabara de pegar un tiro y un brillo extraño apareció en sus ojos, pero desapareció antes de que él pudiera identificar lo que era.

—Mi marido murió —dijo ella fríamente—, y no pienso hablar de él contigo.

—¿Ni siquiera para restregarme por la cara cómo te casaste con él tan sólo un mes después de rechazarme a mí? —ella le dirigió una mirada de odio entonces—. Ordoniz te dejó sin nada, así que puedo entender por qué deseas fingir que nunca existió. Y tu padre no era mucho mejor. Arrastró por el fango ese orgullo de los Marques del que tanto presumes. Así que sigue mi consejo y no menciones su apellido como si a mí me mereciese algo de respeto, porque no es así. ¿De acuerdo?

—¿Te sientes mejor por decirme todo eso? —preguntó ella.

—Duele, ¿verdad?

—Sí —contestó ella. No tenía sentido fingir que no era así.

Él asintió, pero no dijo «bien». Aunque la palabra quedó implícita. Quería vengarse por todas las cosas crueles que ella le había dicho o hecho. Hacer que se tragase el orgullo con respecto a su apellido era sólo el principio. Estaba segura de que le quedaban muchas cosas.

—¿Qué te dice a ti el nombre de Enrique Ramirez? —preguntó acto seguido.

Cristina prácticamente dio un salto en la silla ante la sorpresa. Jamás hubiera imaginado que ese nombre pudiera salir en la conversación. Tuvo que hacer un gran esfuerzo para mantenerse serena.

–¿Enrique quién?

Pero Luis había advertido su primera reacción.

–Ramirez –repitió él secamente–. Un hombre más o menos de la edad de tu padre, un tipo guapo en su juventud. Tenía éxito entre las mujeres y se hizo rico negociando con diamantes y petróleo. Jugaba al polo en la selección de Brasil y era conocido por…

–¿Polo? –preguntó Cristina.

–¿Eso te dice algo?

–Mi difunto marido solía entrenar caballos de polo –dijo ella apartando la mirada–. Se dedicó a eso casi exclusivamente hasta que…

Se quedó en silencio al ver cómo un antiguo recuerdo revivía en su cabeza. Estaba viendo a una niña pequeña corriendo hacia el corral, sin ver el peligro. ¿Cómo iba a verlo? Era demasiado joven y le encantaban los caballos. Colarse por debajo de la valla era la manera más rápida de acercarse a ellos. Escuchó a un caballo corriendo al galope hacia ella, se giró para mirarlo y se quedó de piedra. Con los ojos muy abiertos, vio cómo el animal trataba de detenerse frente a ella, relinchando mientras el jinete trataba de mantenerse encima.

–Continúa –dijo Luis–. Tu marido entrenaba caballos de polo hasta que…

–Hasta que tuvo un accidente –contestó ella–. Quedó atrapado bajo uno de los caballos y quedó lesionado. No volvió a acercarse a un caballo después de eso, pero…

Volvió a revivirlo todo poniéndose blanca como la leche. Ver a Vaasco caer al suelo y luego recibir el impacto de las pezuñas del caballo. El animal estaba confuso y asustado.

Cristina se puso en pie de golpe. No podía recordar aquello.

–¿Qué diablos…? –exclamó Luis agarrándola de los brazos.

–Acabo de recordar que ya había oído antes ese nombre –contestó ella tratando de que no le temblara la voz–. Enrique Ramirez es el nombre del hombre que apartó al caballo de Vaasco, poniendo en peligro su seguridad. Vaasco le debía la vida a ese hombre.

–Has dicho un «pero» antes de ponerte pálida.

–¿De verdad?

–¿Tú estabas allí, Cristina? –preguntó Luis–. ¿Presenciaste el accidente de tu marido?

–Ocurrió hace años. Yo era pequeña.

–¿Tu marido te habló de ello?

–Oh, sí –contestó ella con una sonrisa amarga.

–¿Y también mencionó el nombre de Ramirez?

–¿Por qué estás tan interesado en Enrique Ramirez?

–Por nada importante.

Pudo haber sido la llegada del café lo que hizo que la soltara de golpe, pero Cristina no estaba segura de eso, porque tal vez ella no se hubiese extendido contando la verdad, pero tenía la sospecha de que él tampoco.

Aunque por otra parte, el modo en que se había apartado de ella podía tener más que ver con el hecho de que fuera Kinsella Lane la persona que llevaba la bandeja del café.

El hecho de que Kinsella hubiera advertido la tensión en el ambiente fue evidente a juzgar por la mirada que le dirigió a Cristina antes de mirar hacia abajo.

Anton también había visto la mirada, y frunció el ceño mientras tomaba la bandeja.

–Un tal señor Pirez ha llamado varias veces para hablar contigo –dijo Kinsella.

—Nada de llamadas —ordenó él mientras la bandeja cambiaba de manos.

—El señor Pirez ha sido muy insistente.

—Y tú conoces el procedimiento, Kinsella —añadió él—. Cuando digo que nada de llamadas, significa que nada de llamadas.

Cristina observó el brillo en los ojos azules de la mujer antes de que se diera la vuelta y abandonara la habitación. Obviamente no le gustaban los reproches de Anton.

—Deberías tener cuidado. Sabe por qué me has hecho venir aquí —dijo Cristina mientras él se dirigía hacia ella con la bandeja.

—¿Qué quieres decir?

—Es peligrosa. Tú crees que yo era una celosa increíble, pero creo que ella te sacará los ojos si te atreves a llevarte a otra mujer a la cama.

—Mientras que tú lo soportarías a cambio del dinero que te ofrezco.

—Ya te lo he dicho —contestó Cristina con la barbilla alta—. No comparto la cama de un hombre con otras mujeres.

—¿Y qué te parece otro hombre?

Aquella pregunta la sorprendió. Frunció el ceño y él sonrió mientras le entregaba una taza de café.

—Gabriel Valentim —aclaró él—. ¿Compartiste su cama anoche?

—No tengo nada con Gabriel —contestó ella con frialdad.

—¿Sois amantes sin sexo?

—Gabriel es sólo un amigo.

—¿Sólo un amigo?

—Un viejo amigo —añadió ella—. Su padre ha sido el abogado de mi familia desde siempre. Es sólo tu mente enfermiza la que quiere hacer de nuestra relación algo que no es.

–Es un tipo guapo. Y se mueve en las altas esferas. Tú necesitas el dinero.

–No es tan rico como tú –contestó ella–. Y además es gay. Así que será mejor que te guardes tus pensamientos.

Gay.

Anton la miró durante un momento, luego echó la cabeza hacia atrás y se carcajeó. Se había pasado la noche despierto en la cama atormentándose con visiones de aquel hombre con Cristina en brazos, y sin embargo…

–No sé qué te parece tan sorprendente.

–Ya lo imagino –contestó él sin dejar de sonreír mientras dejaba su taza de café.

Cristina hizo lo mismo en ese instante y sus brazos se rozaron. Fue como tocar un alambre cargado de electricidad. Él sintió una corriente por todo su cuerpo que se concentraba en las ingles, y finalmente se sentó. Cristina simplemente se quedó quieta. La cosa empeoraba. Quizá la idea de acostarse antes de discutir sobre negocios fuera la mejor opción.

Cristina respiró profundamente. ¿Qué le pasaba? ¿Por qué se sentía así? Durante seis años, había mantenido sus emociones bajo control, y de repente Luis regresaba a su vida y se sentía incapaz de controlar nada.

–Anton… –dijo ella–. ¿Podemos…?

–Querida, si lo único que te queda es un nombre, úsalo. Anton es un bastardo despiadado. Tienes que intentar mantenerlo apartado de esto en la medida de lo posible.

–¿Y quién es Luis? ¿El alter ego simpático de Anton?

–Es su ego sexual –contestó él–. Luis está sentado aquí ansiando poder desnudarte y poseerte. Anton desea desnudarte el alma.

–Entonces no estoy en una buena situación.

–Eso depende de lo que quieras sacar de esto.

–Tu ayuda –contestó–. Quiero que me ayudes a conservar mi casa.

–¿Y ya está?

Ella asintió apretando los labios con fuerza.

–¿A cualquier precio?

–Casi a cualquier precio –contestó Cristina humedeciéndose los labios con la lengua.

Él se quedó callado durante tanto tiempo, que Cristina se vio obligada a mirarlo. Le estaba mirando la boca y sintió un vuelco en el corazón. Quería apartar la mirada, pero no podía. Quería que él dijera algo, pero no lo hacía.

–De acuerdo –dijo Luis finalmente–. Entonces vamos a ver si podemos encontrar una definición de ese cualquier precio –añadió mientras se sentaba en otra silla–. Así están las cosas para ti, Cristina, y no es algo bueno. El consorcio Alagoas ha decidido jugar sucio. Están tratando de comprar tus hipotecas, aparte de todas las demás deudas que tienes. Si lo consiguen, te echarán de Santa Rosa sin darte tiempo a parpadear.

–Dijiste que me ayudarías.

–Pero con mis condiciones, querida. Y no son negociables.

–¿Qué tipo de condiciones? –preguntó ella.

–Quiero una gran participación en Santa Rosa.

Cristina asintió. Esperaba que dijera eso.

–Quiero tener control absoluto sobre el modo en que se invierta el dinero –añadió.

–¡No sabes nada sobre ganado!

–Pero mi futura mujer sí.

¿Futura mujer? Jamás se le habría ocurrido que fuese a casarse. De pronto se puso en pie de un salto sin poder contener la reacción.

–¡No traerás a ninguna otra mujer a Santa Rosa, Luis! –exclamó–. Preferiría enfrentarme yo sola al consorcio antes que permitirte hacer eso.

–Tus berrinches solían excitarme, Cristina –dijo él agarrándole la muñeca–. Pero ya no. No mereces la pena, y el vestido que llevas te hace todavía menos atractiva. Así que al menos trata de mantener la dignidad. Vuelve a sentarte y escúchame.

Cristina se sentó, conmocionada por la opinión que a él le merecía.

–Esto es lo que ocurre –continuó él como si no hubiera sucedido nada–. Mi banco te sacará de tu apuro. Mantendrá Santa Rosa a flote durante el tiempo que tú cumplas tu parte del trato.

–¿Y qué parte es ésa?

–Necesito una esposa –anunció él tras una larga pausa–. Y la necesito rápidamente. Tú, querida, tienes la suerte de cumplir todos mis requisitos.

Capítulo 5

ME estás pidiendo que me case contigo?
—Que te quede claro, Cristina, que en ningún momento te lo estoy pidiendo —contestó él con total claridad—. Se trata de negocios. Necesito una esposa y resulta que tú encajas en el papel. Eres joven, presentable y aún deseable. Además, necesitas mi dinero más de lo que yo te necesito a ti.

—¿Por qué necesitas una esposa?

—Ése es asunto mío.

—¿Quieres una esposa muda? —preguntó ella sin poder disimular el sarcasmo.

—Podría llamarse así, aunque creo que eso sería demasiada suerte —contestó él con una sonrisa de hielo.

—Entonces me extraña que no se lo hayas pedido a tu secretaria.

—Ella no cumple mis requisitos.

—Pero no te diría que no.

—¿Es qué tú te estás planteando decirme que no?

Cristina estaba demasiado ocupada tratando de asimilar los hechos como para decir cualquier cosa.

—Quizá prefieras dejar que Kinsella padezca mi personalidad inglesa antes que verte obligada a padecerla tú de nuevo.

—¡Yo nunca dije que no disfrutara haciendo el amor contigo, Luis! —exclamó ella—. ¡Y deja de restregarme palabras que dije hace seis años!

–Palabras muy duras, Cristina. Demasiado duras para provenir de una orgullosa Marques.

–Como tú mismo has dicho, ¿qué orgullo me queda por ser una Marques? –contestó ella–. El apellido, al igual que mi reputación, se ha visto arrastrado por el fango. ¿Crees que soy tan tonta y tan orgullosa como para no haberme dado cuenta por mí misma antes de que regresaras a mi vida?

–Mis disculpas –dijo él.

Ella apartó la mirada y no dijo nada. Una disculpa sólo significaba algo si era sincera.

–¿Puedo preguntar lo que implicaría mi papel como tu esposa?

–Claro que puedes preguntarlo –contestó él tan suavemente que fue como una bofetada en la cara. Él estaba allí sentado, tan tranquilo, mientras que ella…

Estaba dolida y trataba de que no se le notara.

Además, tenía miedo de lo que pudiera venir después.

–Tu papel será el mismo que el de cualquier esposa –dijo él–. Mantendrás mi casa, serás mi anfitriona y te acostarás en mi cama. Además tendrás que hacer el amor conmigo cada vez que a mí me apetezca. Y aquí viene lo malo, Cristina, así que prepárate porque no te va a gustar esto. Tenemos que intentar concebir un hijo lo antes posible. Necesito que te quedes embarazada en unos pocos meses.

Tras lanzar su último dardo, Anton se quedó observándola como si hubiera cometido un asesinato, porque realmente parecía como si Cristina se estuviese muriendo allí mismo.

–¿Es demasiado pedir? –preguntó.

Ella no contestó.

–¿Sigues protegiendo tu maravillosa figura a toda costa? ¿O quizá es que sigues sin poder aceptar la idea de que mi sangre medio inglesa se mezcle con la tuya?

En ese momento Cristina lo miró con la mirada perdida y se levantó de la silla como una zombi. Entonces se giró y se dirigió hacia la puerta, dejando a Anton sentado allí, sorprendido y furioso porque pudiera hacerle lo mismo otra vez.

—Ya veo que hemos encontrado el precio que no estás dispuesta a pagar —dijo él poniéndose en pie—. Pero que sepas, Cristina, que el trato sólo sigue en pie hasta que cruces esa puerta.

Ella dejó de caminar.

—Te odio, Luis —susurró.

—Lamento mucho oír eso, querida —contestó él—. ¿Te quedas o te vas?

En ese momento, ella se dio la vuelta y lo miró con una mezcla de desesperación y agonía, que hizo que él se cruzara de brazos para calmar la súbita presión que sentía en el pecho.

—¿Quedarme para qué? —preguntó Cristina—. ¿Para que puedas vengar más aún ese ego tan preciado que destrocé hace años?

—¿Lo destrozaste? No lo recuerdo.

—Lo hice pedazos —respondió ella—. ¿Quieres más de lo mismo, querido? ¿Quieres volver a sentir el mismo rechazo?

—Recházame entonces. Sal por esa puerta —dijo él—. Nunca se sabe. Si extiendes tus redes lo suficiente, puede que consigas a otro viejo millonario dispuesto a comprarte para llevarte a la cama.

Entonces Cristina se lanzó contra él. No le sorprendió. Había estado provocándola desde que había entrado.

La recibió sin tener que hacer mucho más que agarrarla y atraparla contra su pecho, envolviéndola en sus brazos y levantándola en brazos. Sus caras estuvieron a la misma altura. Cristina empezó a golpearlo con los puños y él se carcajeó antes de acariciarle la boca con la lengua.

Con aquella simple acción, Cristina se sintió perdida. Su cuerpo empezó a temblar y él volvió a besarla, sólo que en esa ocasión introdujo la lengua en su boca, convirtiéndolo en un asalto en toda regla. Ella emitió un grito a modo de protesta mientras deslizaba los dedos por su pelo y él se apartaba de la mesa y comenzaba caminar.

Anton se preguntaba si aquellos dedos pretenderían apartarlo de su boca. Pero no. Ella lo deseaba. La conocía demasiado bien. Sabía lo que la excitaba y cómo hacerla suya.

Cuando llegó a la puerta que les daría acceso a su suite privada, la presionó contra la madera para poder usar las manos y agarrar el picaporte. Cuando la puerta se abrió, con el peso de sus cuerpos como impulso, Anton tuvo que usar las manos para amortiguar el golpe contra la pared al otro lado. Ella se bajó de sus brazos, pero no lo soltó, así que se quedaron apoyados contra la puerta durante unos minutos, devorándose a besos, tiempo que él aprovechó para quitarle la chaqueta. La falda era demasiado grande, así que sólo tuvo que desabrocharle la cremallera para que cayera al suelo sin hacer ruido.

¿Lo soltó entonces? ¿Recuperó el sentido común? ¿Se dio cuenta entonces de que no era como hacía seis años? No. No aquella mujer ansiosa de sexo que le quitaba la chaqueta dejándola caer con el resto de su ropa.

Tras soltarle el pelo, la volvió a levantar en brazos mientras ella le desabrochaba los botones del chaleco. Entonces Cristina lo rodeó con las piernas a la altura de la cintura y le mordió el labio inferior.

Le dolió. Lo había hecho con esa intención. Al ver

que ponía cara de dolor, volvió a morderle. Cuando Anton intentó apartar la cara, ella la aprisionó con las manos e instigó el siguiente beso desesperado.

Se comportaba de manera salvaje y a él le encantaba. Se sentía plenamente satisfecho mientras se dirigía hacia el dormitorio por puro instinto. Ella se aferraba a él mientras se restregaba. Él le agarraba las nalgas con las manos y finalmente la dejó caer sobre la cama, antes de tumbarse sobre ella.

Apartó la boca un instante para observarla y ver cómo suspiraba y cómo jadeaba para tomar aire.

–¿Te quedas o te vas? –preguntó con frialdad.

–Quieres tu ración de sexo, ¿verdad?

–Quiero más que eso –respondió él–. Quiero tu alma envuelta para regalo y con la garantía de que esta vez me pertenece.

Cristina observó la cara fría e impasible de aquel hombre al que tanto amaba y al que tanto daño había hecho, y deseó que pudiera haber algo de esperanza para ellos.

Pero no la había.

–Te arrepentirás –dijo ella sinceramente.

–¿Te quedas?

–Aprenderás a odiarme de nuevo.

–No estás aquí porque te adore, querida. Estás aquí porque aún te deseo.

Debería haberle hecho daño oírle decir eso, pero no fue así. ¿Cómo podía dolerle si ella no se merecía más de lo que le estaba ofreciendo?

–¿En tu cama? –preguntó ella.

–Sí.

–¿Como tu esclava sexual?

–Más o menos –contestó él con brillo en la mirada.

–¿Envuelta para regalo? –preguntó ella con una ligera sonrisa.

–Sí.

–Puedes tenerme así sin necesidad de casarte conmigo.

–Ya te tuve así una vez. No me gustó. Así que lo del matrimonio sigue en pie. Va con el paquete.

¿Al igual que el bebé? Quería llorar desesperadamente, pero no lo hizo.

–¿Con el paquete envuelto para regalo? –preguntó Cristina.

–Y la garantía de un certificado de matrimonio, escrito con sangre si es preciso. No me comprometeré.

«O lo tomas o lo dejas», pensó ella. «Toma a este hombre cuando sabes que no deberías. Toma todo lo que te arroje como acto de venganza cuando sabes que tarde o temprano tendrás que marcharte».

Otra vez.

–¿Entonces te quedas?

No contestó. Simplemente lo miró con ojos de angustia y Anton sintió una súbita presión en el pecho. No quería dejarse arrastrar por ella una vez más. Quería que Cristina se dejase arrastrar por él.

–Contesta o márchate –insistió.

Ella le rodeó el cuello con un brazo e hizo que agachara la cabeza para besarla.

¿Era eso una respuesta?

Iba a interpretarlo como si lo fuera. El poder de elección era algo con lo que dejó de contar en el momento en que Cristina le acarició la lengua con la suya. Ella le rodeó la cintura con la pierna y, con un gemido de rendición, Anton se dejó caer.

Sus bocas se juntaron calientes y húmedas y ella centró de nuevo la atención en los botones de su chaleco. Prácticamente se lo arrancó. Lo siguiente fue la corbata y, nada más sacársela por la cabeza, comenzó a desabrocharle los botones de la camisa. Con dedos temblorosos y desesperados, Cristina tomó contacto con aquel vello suave y oscuro que cubría su torso y que tan bien recordaba. Hizo que él se estremeciera de placer mientras le agarraba el dobladillo de la camiseta.

Tuvieron que separar sus bocas un instante para que él pudiera quitarle la camiseta. Entonces los vio. Dos pechos tersos y firmes coronados por unos pezones oscuros y erectos. Se lanzó sobre ella con un gemido, haciendo que curvara la espalda y gritara de placer mientras él devoraba sus pechos.

Su camisa quedó abierta por completo y ella deslizó los dedos sobre sus músculos fuertes y tersos. Inmediatamente localizó el botón de sus pantalones y trató de quitárselos.

Fue inútil. Anton tuvo que ayudarla porque no había manera de conseguirlo mientras él siguiera llevando puestos los zapatos y los calcetines. Se incorporó con un gemido de impaciencia y se agachó para quitarse todo lo que le suponía una barrera mientras ella terminaba de quitarle la camisa con las manos y comenzaba un sensual recorrido por su espalda.

Anton dejó caer los zapatos al suelo, seguidos de los calcetines, y luego se puso en pie para librarse de los pantalones. Ella lo observó con los ojos ardientes como rubíes encendidos, deleitándose con cada centímetro de piel desnuda que veía.

Ninguna otra mujer lo había observado del modo en que Cristina lo observaba.

—Ansiosa —murmuró él mientras ella estiraba los brazos para tocarlo, deslizando los dedos por toda su anatomía.

—Guapo —murmuró Cristina al verlo completamente desnudo.

Seguía siendo guapo, siempre lo sería. Su Luis,

pensó desesperadamente mientras recorría con la mirada su cuerpo oscuro y fuerte.

Se tumbó a su lado y se quedó estirado, deslizando luego un brazo por debajo de sus hombros para acercarla a su cuerpo. La sostuvo así y la besó una vez más.

Unos ojos verdes y brillantes como esmeraldas la miraban profundamente. Él no dijo nada. Ella no quería que dijera nada. Si lo hacía, discutirían, y lo único que ella quería era hacer el amor. ¿Sería capaz de saber después que él había sido su único amante? ¿Serían los hombres capaces de saber esas cosas?

Mientras la besaba, se colocó encima, haciéndole sentir todo su peso, y recordar todo lo que habían sido seis años antes. Seis años eran demasiado tiempo, y los dos estaban hambrientos. Y lo hicieron, claro que lo hicieron. El mundo podría haberse detenido en aquel preciso instante, y ellos no se habrían dado cuenta.

Ninguno de los dos oyó las pisadas que atravesaban el salón. Ninguno recordó que habían dejado las puertas que conectaban el despacho y el dormitorio abiertas de par en par. Kinsella Lane estaba de pie en el marco de la puerta. Llevaba ahí un rato, observando como una mirona y escuchando todo lo que decían con sus ojos azules llenos de odio.

Deseaba a Anton. Siempre lo había deseado, desde el momento en que lo viera por primera vez. Había trabajado mucho para ganarse la entrada a aquel círculo tan selecto. Había estudiado concienzudamente a todas las mujeres con que él había salido. Le gustaban las rubias. Se había vuelto rubia. Le gustaban esbeltas y delgadas, elegantes y sofisticadas. Así que había aprendido a conseguir esa elegancia y sofisticación. Había trabajado su cuerpo para poder estar a la altura de sus gustos sexuales. Y por fin él había empezado a fijarse en ella. Había podido ver el brillo en sus ojos cada vez que la miraba.

Cuando le había pedido que lo acompañara a Río, había pensado que sería para llevar su relación al siguiente nivel. Y sin embargo allí estaba, en los brazos de una mujer que era totalmente diferente a sus anteriores mujeres. Era morena, bajita, llevaba ropa poco favorecedora. Su pelo era una masa de rizos negros y sus pechos eran demasiado grandes. Y no había nada de sofisticación en el modo en que lo besaba, en cómo lo tocaba ni en cómo le hablaba. Y aun así él estaba loco por ella.

El cuerpo de él se estremeció con la primera embestida mientras ella gritaba de placer.

Kinsella se dio la vuelta asqueada y se marchó tan en silencio como había llegado, pasando por encima de las ropas tiradas en el suelo y sin tocar nada, sin ni siquiera molestarse en cerrar las puertas.

Tan pronto como llegó a su despacho, abrió la caja fuerte y sacó el archivo que Anton había dejado allí aquella mañana, tras su reunión privada con un hombre llamado Sanchiz. Diez minutos después, volvía a colocar el archivo en la caja fuerte, descolgó el teléfono y marcó el número para llamar a Londres.

–¿Señora Scott-Lee? –dijo–. Creo que debería saber que su hijo pretende casarse con una mujer brasileña. Una joven viuda, Cristina Ordoniz.

Hubo un largo silencio y luego:

–¿Ha dicho Ordoniz? ¿Está segura del apellido?

–Sí –confirmó Kinsella.

–Ha dicho joven. ¿Cómo de joven?

–Más o menos mi edad, señora Scott-Lee –respondió Kinsella–. Creo que su marido era mayor cuando se casó con él por dinero. No es la persona que usted querría para su hijo, creo yo.

La madre de Anton no contestó a eso. Hizo otra pausa y luego dijo:

–Tomaré el próximo vuelo hacia Río. Gracias por ayudarme con esto, señorita Lane.

Anton había olvidado lo que era escucharla susurrando su nombre una y otra vez. Lo había olvidado demasiado, pensaba mientras ella mandaba al infierno seis años de mujeres de un plumazo, colocándole una etiqueta que lo identificaba como propiedad de Cristina Marques.

¿Acaso le importaba? No, se contestó a sí mismo mientras la penetraba y escuchaba sus gemidos como la primera vez, cuando le había entregado su virginidad sin ni siquiera decirle que era su primera vez.

–Ha pasado mucho tiempo, querida –dijo.

–Sí –contestó ella con un jadeo mientras le clavaba las uñas en los hombros y arqueaba la espalda. Por un momento, Anton estuvo a punto de apartarse, pero ella abrió los ojos y lo miró–. Ni te atrevas, Luis.

Entonces, él sonrió, sorprendido al ver lo mucho que ella recordaba aquella primera vez, cuando él había intentado retirarse y ella se lo había impedido. Y, como aquella primera vez, él le apartó el pelo de la cara, se inclinó y la besó hasta que la tensión desapareció de su cuerpo.

Entonces se entregó por completo. Lo entregó todo. Los dos encajaban a la perfección. Siempre habían encajado. Se besaron, se tocaron, rodaron el uno sobre el otro. Cada embestida era más fuerte que la anterior y los llevaba más cerca del límite. Él le besaba la boca, los pechos, los dedos. Cuando sintió las primeras convulsiones de Cristina, no pudo contenerse y aceleró el ritmo. Ella llegó al orgasmo como siempre lo hacía, salvajemente, gritando y gimiendo y convulsionándose mientras lo arrastraba consigo a los límites del placer.

Después se quedaron los dos tumbados con sus cuerpos sudorosos. Anton podía sentir los latidos de su corazón y el temblor de sus labios contra su cuello.

–Bueno, ha merecido la pena esperar seis años –murmuró él finalmente.

–No hables –dijo ella.

Quizá tuviera razón. Tal vez hablar no hiciera sino estropearlo todo. Anton se giró sobre su espalda y la llevó consigo, retirándole el pelo de la cara y dejándola tumbada sobre su cuerpo.

Anton estaba saciado, pero se dio cuenta de que aquel sentimiento no tenía nada que ver con el sexo, sino con tener a Cristina tumbada sobre él completamente relajada.

Le tomó una de las manos y se la llevó a la boca, besándole cada dedo mientras trataba de averiguar por qué se sentía así.

Cristina, por otra parte, estaba tratando de encontrar la manera de decirle que no había posibilidad alguna de matrimonio.

Además, ¿para que necesitaba una esposa?

¿O un hijo?

Pensar en aquello último hizo que su cuerpo se tensara al instante. Él lo notó y la tranquilizó con una suave caricia en la espalda.

Luis siempre se comportaba así después de hacer el amor. Se mantenía despierto pero relajado, contento por tenerla cerca. En cualquier momento, comenzaría a instigar un segundo encuentro sexual. Lo sabía porque aún podía sentirlo dentro de ella, a pesar de no estar completamente erecto. Pero en esa ocasión sería lento y más intenso.

¿Iba a dejar que ocurriese? ¿Se dejaría arrastrar una vez más antes de tener que afrontar la realidad de que jamás llegarían a un acuerdo?

–Has dicho que aún me querías –dijo él.

–¡No es verdad! –exclamó ella.

–Claro que sí –insistió él antes de besarla de nuevo. Pocos segundos después, Cristina ya se había olvidado de lo que estaban hablando mientras comenzaban de nuevo a moverse lentamente, como ella había imaginado.

«Sólo una vez más», se dijo a sí misma mientras se dejaba arrastrar.

En Londres, Maria Ferreira Scott-Lee estaba en pie junto a su cómoda. En la mano sostenía un pequeño paquete de Estes y Asociados, abogados, Río de Janeiro. El paquete había llegado el mismo día en que su hijo había partido hacia Brasil. Dentro había una caja de joyería y una carta. La caja contenía un anillo de esmeraldas con diamantes incrustados. La carta era personal, muy personal, y había sido escrita por el propio Enrique Ramirez.

No trates de interferir en aquello que no comprendes, Maria. Nuestro hijo se casará con la viuda de Vaasco Ordoniz y tú olvidarás ese nombre si realmente aprecias el amor que nuestro hijo te profesa.

Pero ella no podía olvidar a Vaasco Ordoniz. No podía olvidar que Anton habría sido el hijo de Vaasco si Enrique no se hubiera puesto en medio.

Enrique era el hombre más guapo con el que jamás

se había cruzado. Conocerlo en el rancho de Vaasco había cambiado su vida por completo. Prometida con Vaasco, enamorada de Enrique, finalmente se había dejado llevar por el encanto de éste último. Al quedarse embrazada de él, había tenido que confesárselo a Vaasco. No era de extrañar que la hubiera echado por completo de su vida.

—De vuelta al arroyo al que perteneces –le había dicho.

Sebastian había acudido a su rescate. Había sido Sebastian el que la había llevado de vuelta a Río y, finalmente, a Inglaterra con él. El pobre Sebastian, que había ido a Brasil a comprarle caballos a Vaasco y había regresado con una mujer embarazada y con el corazón destrozado.

Y sin embargo la vida estaba completando el círculo y el apellido Ordoniz la perseguía de nuevo. ¿Quién era esa mujer? ¿De qué la conocía Enrique? ¿Por qué tenía Anton que casarse con ella? ¿Quién estaba jugando con quién?

Kinsella Lane había dicho que era joven. Vaasco había sido un hombre muy adinerado. Entrenaba caballos para polo como hobby, no para ganarse la vida. ¿Quién podía ser esa mujer sino una cazafortunas cínica y sin escrúpulos? ¿Y estaría tratando de conseguir el dinero de Anton tras haberse quedado con la herencia de Vaasco?

Maria observó la caja del anillo y luego volvió a leer las palabras de Enrique.

Para ti, Maria, en gratitud por el hijo que me diste y como compensación por la vida que llevaste por mi culpa. Nuestro hijo es como yo. Merece saberlo. Merece compartir mi herencia. Lo de Vaasco salió mal. Quizá algún día me des las gracias por haberte libra-

do de él. Piensa en eso cuando conozcas a su viuda.
No es lo que parece y merece tu compasión.

—Yo no compadezco a nadie que pretenda hacerle daño a mi hijo —murmuró ella.

Pero el hijo de Maria no estaba sufriendo. Estaba durmiendo plácidamente.

A su lado, Cristina lo observaba. Siempre le había encantado observar a Luis mientras dormía. Solía estirarse por toda la cama, dejándole a ella tan sólo un pequeño espacio para dormir. Nunca le había importado. Cuando se despertara, estaría junto a ella, dejando el resto de la cama vacía.

O así sucedería si pretendiera estar allí cuando se despertara. Ya había prolongado su partida mucho más de lo debido.

¿Cómo había podido vivir seis años sin él? ¿Cómo iba a volver a vivir sin él?

En algún momento se habían levantado para recoger la ropa tirada y cerrar las puertas. Ella se había sonrojado y él había sonreído al darse cuenta de que habían dejado las puertas abiertas y que cualquiera habría podido verlos.

—Mis empleados saben de sobra que no les conviene invadir mi privacidad —había dicho él.

Aun así, habían hecho mucho ruido. Cristina volvió a sonrojarse sólo con recordar algunos de los gemidos que había emitido llevada por la pasión. Aunque él tampoco era un amante silencioso, y le encantaba.

Pero era el momento de levantarse e irse.

«Quédate un poco más», le dijo una voz en su interior. «Quédate todo el día y toda la noche. Márchate mañana».

No. Ya era el momento de marcharse… mientras pudiera.

Su corazón dio un vuelco a modo de protesta. En ese mismo momento, Anton abrió los ojos y la miró. Era como si él hubiera intuido lo que estaba pensando, a juzgar por cómo comenzó a acariciarle la mejilla.

–Aún estás aquí –dijo suavemente–. Estaba soñando que me habías abandonado.

–No –susurró ella.

«Mañana», pensó Cristina. «Me marcharé mañana».

–Dame un beso, Luis.

Capítulo 6

ERA por la tarde cuando Cristina llegó al apartamento de Gabriel.

—¿Dónde has estado? —preguntó Gabriel en cuanto ella cerró la puerta—. Ya era bastante preocupante el mensaje que dejaste anoche y que no decía nada como para que encima desaparezcas hoy también.

Habiendo pasado casi todo el día de un banco a otro de Río de Janeiro, lo único que pudo decir ella fue:

—Lo siento.

—No es suficiente, Cristina —contestó Gabriel—. Estaba preocupado por ti. Cuando llamé a Scott-Lee para saber qué estaba ocurriendo, me contestó una mujer inglesa y fría que decía no saber quién era Cristina Marques.

—Yo estaba allí —dijo ella, y le explicó entonces la confusión con los nombres.

—Estaba empezando a pensar que te había abducido —dijo él—. Me lo imaginaba metiéndote en un saco y luego en el capó de su coche para llevarte a algún lugar desconocido para aprovecharse de ti.

—No habría sido muy inglés por su parte, Gabriel —se burló ella.

—A mí no me parece muy inglés. Simplemente suena a inglés.

«Hace el amor en inglés», pensó Cristina, y tuvo que apartar la mirada antes de que Gabriel pudiera adivinarlo.

Sin embargo fue demasiado tarde.

—Tienes un aspecto horrible, querida —observó él.

—Necesito una ducha —dijo Cristina, y caminó por el pasillo hacia su cuarto.

Gabriel la siguió y preguntó:

—¿Quieres explicarme por qué diablos tienes ese aspecto?

«No especialmente», pensó Cristina mientras atravesaba su dormitorio y abría un cajón donde guardaba la ropa interior.

—He pasado el día de banco en banco —dijo mientras elegía en el armario qué ropa ponerse. Sólo tenía dos vestidos que merecieran la pena para el tipo de evento social que había sido la gala de la otra noche, los dos negros. Vaasco sólo le permitía llevar negro.

—¿La oferta de Scott-Lee no fue lo suficientemente buena?

—No era la oferta adecuada.

—¿Y cuál es la adecuada?

«Yo sería su devota amante durante los próximos cincuenta años incluso aunque se casara con otra mujer y tuviera hijos con ella», pensó. Pero eso no era lo que Luis quería.

—Quería tu cuerpo —adivinó Gabriel a juzgar por su silencio—. Y dado que has pasado la noche con él, deduzco que ha tenido tu cuerpo. No puedo creer que hayas sido tan estúpida como para darle la recompensa antes de que te diera el dinero, Cristina.

—¡No me hables así, Gabriel!

—¿Qué ha hecho? ¿Seducirte con múltiples promesas y luego dejarte tirada en la calle esta mañana?

«No, me escapé cuando no miraba», pensó Cristina.

—¿Podemos dejar el sermón para después de la ducha, por favor?

—Claro —contestó Gabriel, y salió de la habitación hecho una furia, dejando a Cristina sentada al borde de la cama recordando cómo había dejado a Luis.

Había fingido estar perfectamente a gusto acurrucada en su cama mientras él se vestía para una reunión que tenía en el banco. Incluso había sonreído cuando le había dado un beso de despedida. Pero en cuanto había abandonado la suite, ella se había levantado de la cama y dirigido a la ducha a toda velocidad.

Y se había encontrado en el vestíbulo del hotel con Kinsella Lane, que quería entrar en el ascensor. La rubia le había dirigido una mirada de odio y le había dicho:

—Perra.

Al intentar escapar, Kinsella había agarrado a Cristina de la muñeca para dejarle claras unas cuantas cosas.

—No te creas que voy a echarme a un lado y ver cómo te llevas a mi amante, porque no será así. Fue mi cuerpo el que tomó la noche antes de que tú te metieras en su cama, y seré yo con la que regrese a Londres.

Era extraño cómo la verdad tenía el poder de hacerle tanto daño, pensaba Cristina. Porque Luis regresaría a Londres con Kinsella, y ella...

Observó su maleta, tirada en el fondo del armario y, de pronto, sintió la necesidad de sacarla y tirarla sobre la cama. No quería pensar en lo que haría cuando Luis regresara a Londres. No quería pensar en nada que no fuera hacer la maleta y tomar el primer vuelo con plazas disponibles hacia Sao Paulo, y al infierno con...

De pronto la puerta se abrió y apareció Gabriel.

–No pretendía insultarte –se disculpó.

–Lo sé.

–Estaba preocupado por ti.

–Claro –contestó ella. Lo comprendía perfectamente.

–Estaba preocupado de que pudieras saltar sobre cualquier cosa que supusiera la posibilidad de que el consorcio Alagoas se echara hacia atrás.

–¿Sabes qué, Gabriel? Yo también pensaba eso.

–Pero no ha salido así, ¿verdad?

En efecto. No había salido así. Luis había encontrado el precio que no estaba dispuesta a pagar, y sin ni siquiera saberlo.

–Me voy a casa –dijo ella tranquilamente.

–Dado que te veo hacer las maletas, he llegado a esa conclusión yo solo –dijo Gabriel–. ¿Pero entonces qué harás?

–No lo sé.

–Date una ducha –le aconsejó Gabriel–. Veré si puedo conseguirte un asiento en algún vuelo a Sao Paulo esta noche.

Tras ducharse, se secó el pelo, se maquilló ligeramente, se puso ropa interior limpia, unos vaqueros y una camiseta blanca. Lo único que le quedaba por hacer era terminar la maleta.

Tras colocar la maleta junto a la puerta principal, recorrió el pasillo para ir a la cocina, siguiendo el aroma del café recién hecho. Abrir la puerta de la cocina fue la parte fácil. Enfrentarse a lo que allí vio no fue fácil en absoluto.

El corazón le dio un vuelco al contemplar a los dos hombres tomando café como dos viejos amigos. Los dos llevaban trajes oscuros y las chaquetas abiertas mientras bebían.

–Luis… –dijo ella casi sin aliento.,

–¿Siempre te llama Luis? –preguntó Gabriel.

—Es propio de Cristina —respondió Anton mientras la observaba de arriba abajo con ojos brillantes.

—¿Qué estás haciendo aquí? —preguntó ella.

—Seguirte el rastro —contestó él arqueando una ceja—. ¿Realmente pensabas que no iba a ir tras de ti?

—Cristina siempre ha sido muy testaruda —agregó Gabriel—. Odia admitir que se ha equivocado.

Cristina observó a Gabriel y dedujo que, mientras ella se duchaba, los dos habían estado hablando. Entonces ya sabría que la oferta de salvación venía con una proposición de matrimonio también. La solución ideal, en otras palabras, no sólo porque conseguiría el dinero que necesitaba para salvar Santa Rosa, sino porque conseguiría un marido guapo y atractivo.

—Ya entiendo —dijo ella levantando la barbilla—. De odiaros mutuamente, habéis pasado a ser aliados con un café. Bueno, disculpadme si no me uno a vosotros.

Y con esas se dio la vuelta y se marchó. Por dentro estaba temblando, sorprendida de encontrar allí a Luis, y temiendo lo que aquello pudiera significar. Había podido advertir el tono amenazador en su voz, el brillo en sus ojos verdes. Y mientras corría por el pasillo en dirección a su maleta, sabía que estaba asustada.

La mano que alcanzó la maleta antes que ella se lo dijo todo. El brazo que le rodeó la cintura con fuerza le dijo mucho más.

—¿Ya has hecho el equipaje? —preguntó Luis—. Bien. Entonces podemos irnos.

—No pienso irme contigo —dijo ella.

—Claro que sí —contestó él—. Hemos hecho un trato.

—He cambiado de opinión.

—¿Antes o después del sexo?

—Antes —admitió ella—. Me quedé con el sexo porque era gratis.

–¿Eso crees?

–Lo sé.

–Nada es gratis en este mundo, cariño –dijo él–.
Así que dale las gracias a Gabriel por dejar que te
quedaras con él y muévete, o tendré que sacarte a la
fuerza.

Cristina comenzó a respirar entrecortadamente
mientras se retorcía tratando de liberarse. Sólo que no
salió como esperaba. Él la apretó más con más fuerza
contra su cuerpo y dejó caer la maleta antes de colo-
carle la otra mano en la nuca.

–¡No! –fue lo único que ella pudo decir antes de
recibir un beso que la dejó desconcertada, sorprendida
y desesperada.

Después de besarla, Anton le mantuvo la cabeza
aprisionada contra su pecho mientras le hablaba a Gabriel, como si el beso no hubiera tenido lugar.

El hecho de que Gabriel lo hubiera presenciado
todo hacía que fuese mucho más humillante.

–Te dejo a ti la letra pequeña, Anton –dijo Gabriel,
y Cristina se sintió como si hubiera perdido al único
amigo que tenía en el mundo.

Anton recogió su maleta y la empujó hacia la puerta. Mientras el ascensor los llevaba abajo, ninguno de
los dos habló. Un Mercedes con chófer estaba espe-
rándolos junto a la acera y, nada más entrar dentro,
arrancó. Ella se quedó mirando por la ventanilla mientras que él miraba al frente. Los dos estaban furiosos.

–Supongo que le habrás dicho a Gabriel que yo
soy el amor de tu vida –dijo ella secamente.

–Le he dicho lo que necesitaba saber para dejar
que te fueras conmigo.

–Mentiras.

–Tú caíste en mis brazos con poco más de un beso,
así que no lo culpes por creer lo que sus propios ojos

han visto —contestó él—. Y a los dos se nos da bien mentir, Cristina, así que ya puedes dejar de usar ese tono de reproche. Conmigo no funciona.

—¿Algo funciona contigo?

—No.

—Gabriel…

—No es tonto —concluyó él—. Sabe que soy mejor como amigo que como enemigo. Dejemos que piense que te ha dejado venir conmigo porque es lo que realmente quieres. Es más seguro para él.

—Últimamente pareces muy poderoso.

—Sí —contestó él sin ni siquiera mirarla.

—Deja a Gabriel en paz —susurró Cristina.

—Si tuvieras algo de sentido común, querida, te preocuparías más por tu situación que por la de tu amigo.

Entonces se giró para mirarla por primera vez desde que habían dejado el apartamento de Gabriel y a Cristina le dio un vuelco el corazón. Todo en él era frialdad e intimidación.

—No sé de dónde has sacado la arrogancia para pensar que puedes jugar conmigo una segunda vez —dijo él con frialdad.

—No estaba jugando —contestó Cristina—. Sólo necesitaba…

—Sexo —la interrumpió—. Así que pensaste: ¿Por qué no conseguirlo de Luis ya que se le da tan bien?

—No tuvimos sexo —dijo ella sonrojándose—. Hicimos el amor. Me estabas acosando. Me pusiste contra la espada y la pared, no me diste tiempo para pensar. Me marché porque necesitaba tiempo para considerar lo que me habías propuesto.

—Siento decirte esto, querida, pero no tienes el privilegio del tiempo ni de la elección.

Algo aterrizó sobre su regazo. Cristina lo miró durante algunos segundos antes de decidirse a agarrarlo. Para cuando hubo terminado de ojear los folios llenos de términos legales, sentía un nudo en la garganta.

–¿Cuándo has conseguido esto? –preguntó.

–Antes de llegar a Brasil –contestó él–. Como puedes ver, yo te tengo a ti, Cristina. No los bancos ni los prestamistas. Yo poseo el poder de decidir qué le ocurrirá a tu preciada Santa Rosa. Y si decido saldar tus deudas y vender al consorcio, te aseguro que lo haré la próxima vez que trates de escapar de mí.

Llegaron a su hotel, Anton salió del coche y se acercó a su puerta para ayudarla a salir.

Ella salió sin protestar y, parecía una locura, pero eso le puso furioso. No quería tenerla sometida. Quería ver cómo luchaba, porque cuando ella peleaba, él podría contraatacar.

Y quería luchar con ella. Quería proseguir con la lucha hasta que se convirtiera en otro tipo de lucha. Ella había vuelto a colarse en su sangre, como una fiebre sexual.

La llevó hasta el vestíbulo del hotel, donde el conserje los vio y trató de llamar la atención de Anton, pero éste fingió no darse cuenta. No quería hablar con nadie. No quería ser educado ni amable. Se dirigió directamente a los ascensores y se sintió furioso al tener que compartirlo con una pareja de enamorados que no podían quitarse las manos de encima.

Cuando llegaron a la suite, Cristina le soltó la mano y se apartó de él. Anton se dirigió al dormitorio para dejar su maleta. Cuando regresó, ella estaba de pie en medio del salón mirando una pared vacía.

–¿Por qué? –preguntó ella mientras él se dirigía al mueble de las bebidas.

–Llámalo retribución por lo que ocurrió hace seis años –respondió él–. Me lo debes desde hace seis años. Por mi incapacidad para creerme lo que me diga cualquier otra mujer, por no atreverme a creer lo que mis propios sentidos me dicen de ellas.

—Nunca pretendí hacerte eso.

—¿Entonces qué pretendiste?

Exactamente lo que había conseguido, pensó Cristina, que era hacer que la odiara lo suficiente para marcharse y no regresar jamás.

Pero había vuelto, y allí estaba odiándola todavía por lo que le había hecho. Sólo que el odio llevaba consigo un intenso deseo sexual que alimentaba su determinación de seguir adelante.

—Así que todo esto es por venganza —murmuró ella.

Con un vaso en la mano, Anton se encogió de hombros y dijo:

—Y para resolver un problema que tengo y que exige que me case y engendre un hijo.

—Entonces has elegido a la mujer equivocada para esta aventura en la que te has metido —contestó, y tuvo que respirar profundamente antes de continuar—. Porque no puedo darte un hijo, Luis. No soy capaz de…

De pronto fue como si hubiese estallado una tormenta. Anton se puso furioso, estampó el vaso y la agarró.

—¡No te atrevas a mentirme de nuevo! ¿Entendido?

—No era mentira —contestó ella completamente pálida.

—¡Mientes cada vez que abres la boca! —gritó él—. Me mentiste hace seis años cuando me dijiste que me querías, y luego disfrutaste viendo cómo sufría mientras llevabas al límite la mentira.

—¡No! —exclamó ella—. No fue así.

—¡Fue exactamente así!

—Si me escucharas un momento, podría explicarte que…

–¿Sabes qué? –preguntó él soltándole los hombros–. No quiero tus explicaciones. Tus razones ya no me interesan. Me la debes. Voy a seguir adelante con mis condiciones.

–Condiciones que no puedo cumplir.

–Mis condiciones –repitió Anton–. Que son que seas mi mujer, mi esclava sexual y la madre de mi hijo. Como recompensa, tú obtendrás tu preciada Santa Rosa sin deudas de ningún tipo. Desde mi punto de vista, es un intercambio justo.

–O una elección que no es elección en absoluto –murmuró ella.

–Y eso significa…

–Que me casaré contigo.

–Repítelo –dijo él tras una pausa como si fuera incapaz de creer que finalmente hubiera sucumbido–. Y esta vez dilo claramente para que no haya malentendidos. Porque esto es definitivo, Cristina. Es tu última oportunidad. No pienso seguir jugando. Así que dilo alto y claro para que sepa que lo dices de verdad.

–Te arrepentirás de esto –susurró Cristina.

–Dilo.

–¡De acuerdo! –exclamó y, al más puro estilo Cristina, levantó la barbilla, echó la cabeza hacia atrás y lo miró a los ojos con aire desafiante–. Te odiaré, Luis, por tratarme así y hacer que me comporte como si fuera una zorra. Ya te odio por tus amenazas y tu chantaje, y por tu sed de venganza, que hace que me trates así. Pero me casaré contigo. Me venderé a ti como una prostituta a cambio de Santa Rosa, y cuando descubras de lo poco que te servirá tu venganza, me pondré frente a ti y me reiré en tu cara.

Luis se movió. Ella estaba tan desestabilizada y temblorosa cuando terminó de hablar, que apenas tuvo tiempo de reaccionar antes de verse atrapada contra su pecho.

—No —protestó tratando de resistirse.

—Repite eso dentro de treinta segundos —dijo él, y antes de que ella pudiera contestar, inclinó la cabeza para besarla.

Cristina no necesitaba esos treinta segundos. No necesitaba ni diez para derretirse bajo sus labios y dejar de pensar con claridad. Le devolvió los besos y deslizó los dedos por su pelo antes de que Anton se apartara.

—Una buena manera de odiar, querida —dijo él con voz burlona—. Aun así, me excita irremediablemente.

Era como ser machacada cuando ya la había roto en mil pedazos. Con un leve gemido, Cristina se retorció y se liberó de sus brazos antes de salir corriendo hacia el dormitorio.

Anton se quedó mirando y observando cómo la puerta se cerraba tras ella. Entonces se dio la vuelta y recuperó su bebida, la apuró y se dirigió a servirse otra. Pero se detuvo al darse cuenta de lo que estaba haciendo.

Ya había conseguido de ella lo que quería, ¿entonces por qué no se sentía mejor? ¿Por qué estaba allí de pie sintiéndose como si hubiera perdido algo vital en su lugar?

Su cara. Había sido la expresión en su cara al aceptar finalmente que no le quedaba otra salida. Ella lo había llamado odio. Él lo llamaba dolor.

¿Por qué dolor? Dejó el vaso vacío porque de pronto recordó que ya había visto aquella expresión... seis años antes, cuando le había hecho pedazos el corazón con su rechazo. ¿Acaso el menosprecio con que lo había tratado entonces ocultaba dolor y él había estado demasiado ciego para verlo?

«Oh, para de imaginar excusas», se dijo a sí mismo furioso. No la comprendía. Pensando en ello, nunca había logrado comprender lo que hacía que Cristina se enfureciera.

¿Qué era lo que le pasaba, que podía hacer que lo despreciara con todo su ser y luego, sin embargo, se lanzara a sus brazos como si no poseyese control alguno?

La puerta del dormitorio se abrió de pronto y allí estaba Cristina. Anton sintió que su cuerpo reaccionaba inmediatamente.

—¡Puedes decirle a esa loca secretaria tuya que vuestra aventura ha terminado! —exclamó ella.

—No estás en posición de poner condiciones —contestó él—. Sólo piensa en Santa Rosa y estoy seguro de que podrás acostumbrarte a su presencia en mi vida.

La puerta se cerró de golpe de nuevo. Anton se dio la vuelta y se sirvió una segunda copa. Luego se carcajeó.

Dios, no había una sola persona en el mundo que fuese capaz excitarlo hasta tal punto con cada movimiento.

Dejó el vaso porque de pronto se dio cuenta de que no necesitaba el whisky. Se dirigió hacia el despacho tratando de controlar la sonrisa. Allí le esperaba un ajetreado día de trabajo. No sabía de dónde había sacado la idea de que podía ir a Brasil y jugar a ser un banquero experimentado y lidiar con Cristina al mismo tiempo.

Mientras Anton hacía todo lo posible por concentrarse en los negocios, en una oficina sobria y elegante en otra parte de Río, un hombre mayor de pelo blanco estaba sentado escuchando el informe que le detallaba un modesto joven con el modesto nombre de José Paranhos.

Hasta ese momento, el señor Javier Estes había estado satisfecho con la información que había recibido. Al parecer todo iba según lo planeado. El señor Scott-Lee había aceptado el desafío. Incluso había sonreído al enterarse de que Cristina había pasado la noche en su suite.

Fue la segunda parte la que le borró al señor Estes la sonrisa de la cara.

—Repite eso —exigió—. ¿Esa mujer abordó a la señorita Marques mientras salía del ascensor?

José asintió y dijo:

—La señorita Lane estaba muy furiosa. Dijo que el señor Scott-Lee y ella eran amantes y que se habían acostado la noche anterior. Naturalmente, la señorita Marques se disgustó —y continuó relatando todo lo que la secretaria le había dicho a Cristina.

Con el ceño fruncido, el señor Estes alcanzó su bolígrafo y garabateó unas notas sobre el informe que tenía abierto frente a él.

—*Obrigado*, José. Sigue observando y mantenme informado.

Tras asentir con la cabeza, José abandonó el despacho y el señor Estes extrajo un sobre sellado de la carpeta del informe. El sobre iba dirigido a Cristina Ordoniz.

Los gatos entre las palomas siempre causaban estragos, pensó Javier.

Capítulo 7

LUIS estaba sentado a la mesa del despacho intentando concentrarse en la información que le daban. Sus dos empleados lo miraban extrañados cada vez que tenían que repetir lo mismo. Se sentía extraño y distraído, demasiado consciente de que Cristina estaba tras la puerta.

Comenzó a sonar el teléfono que tenía junto al codo. Al recordar que Kinsella no estaba en el despacho de fuera para interceptar las llamadas, ya que la había enviado al banco a recoger unos documentos, estiró la mano y contestó.

–Scott-Lee –dijo.

–¡Por fin! –exclamó Maximilian al otro lado de la línea–. ¿Dónde diablos has estado, Anton? Llevo todo el día tratando de contactar contigo.

Al notar la urgencia en la voz de su tío, Anton despidió a los dos empleados con un movimiento de cabeza y preguntó:

–¿Por qué? ¿Qué ocurre, Max? ¿Le ha ocurrido algo a mi madre?

–Podría decirse así –dijo el hombre–. Está de camino a Río. En este momento debe de estar aterrizando.

–¿Aquí? ¿Para qué?

–Para detener esa locura de matrimonio que estás planeando ¿Por qué si no?

–¿Cómo diablos se ha enterado tan deprisa? –preguntó Anton.

–No seré yo quien la detenga, Anton. Adoro a esa mujer como si fuera mi propia hermana, y no quiero ver cómo te entregas a la primera viuda cazafortunas que aparece, pero…

–Vigila lo que dices, Max.

–¿Quieres decir que esa mujer no es la viuda de Vaasco Ordoniz?

Anton no contestó a eso. Algo mucho más preocupante había captado su atención.

–Conoces a Vaasco Ordoniz –dijo él.

–No pienso hablar de eso –contestó Max–. Eso depende de tu madre.

¿Su madre conocía al difunto marido de Cristina?

–Pero te diré una cosa –continuó Max–. Está ocurriendo algo en tu equipo que huele a podrido. Y me niego a quedarme sentado viendo cómo te dejas engañar por una secretaria dolida a la que se le paga para que mantenga la boca cerrada con respecto a tus movimientos y que no llame a tu madre para darle todos los detalles. ¿Cómo puede un hombre tener vida privada si…?

–¿De qué estás hablando, Max?

–Kinsella Lane llamó ayer a tu madre para informarla de tu intención de casarte con la viuda de Ordoniz. Tu madre reaccionó como una desequilibrada y tomó el primer vuelvo hacia Río. Maria ha reservado una suite en el piso debajo del tuyo, Anton. Y la muy eficiente señorita Lane lo organizó todo.

¿Kinsella había hecho todo eso a sus espaldas? Anton se sintió confuso y desconcertado.

–He estado llamándote todo el día para advertirte, ¿te lo ha dicho la secretaria? Apuesto a que no. Puedo captar el tono de una mujer maquinadora a miles de kilómetros de distancia, y ésta es peligrosa. Hazte un favor y líbrate de ella. Es un riesgo para tu seguridad.

Anton colgó finalmente el teléfono sin dejar de maldecir. La cabeza le daba vueltas ante toda la información que su tío acababa de darle. ¿Kinsella había estado pasándole a su madre información sobre él? ¿Cómo había conseguido esa información? Nadie de su círculo de colaboradores sabía nada sobre sus planes de boda. ¿Cómo había podido ella escuchar o ver algo? A no ser que…

Recordó el informe del investigador que había guardado en la caja fuerte el día anterior. Kinsella había estado insoportable desde que habían llegado a Río y Cristina lo había acusado desde el principio de que eran amantes. No había hecho caso a las señales mientras que cualquier hombre sensato habría prestado atención al poder del instinto femenino cuando sentía la presencia de una rival.

Inmediatamente descolgó el teléfono y marcó el número de recepción para averiguar a qué hora se esperaba la llegada de Maria Scott-Lee. Cuando terminó la conversación, se sentía todavía más furioso.

Luego se recompuso, se puso en pie y pasó unos minutos tratando de poner algún orden en sus prioridades. Para cuando terminó, se había convertido en el hombre de hielo.

Como Cristina pudo comprobar la primera.

Anton entró en el dormitorio disparado y se dirigió hacia donde ella estaba, mirando por la ventana, le agarró la mano sin darle tiempo a reaccionar y la arrastró fuera de la suite.

—¿Qué crees que estás haciendo? —preguntó Cristina mientras la metía en el ascensor.

—¿Por qué te casaste con él? —preguntó él aprisionándola contra la pared del ascensor.

–Ya te lo he dicho. No pienso hablar de eso contigo.

–¿Por qué no? –ella se negó a contestar y se quedó mirando al suelo–. Era rico cuando lo conociste. Comenzó a gastarse el dinero en el juego después de que tú entraras en su vida. ¿Es posible que su adicción al juego tuviera algo que ver con el hecho de que no pudieras darle un hijo?

Cristina se quedó blanca como la pared, pero aun así se negó a contestar.

–¿Acaso el precio que tuviste que pagar valió la pena con tal de mantener un cuerpo perfecto, Cristina? ¿Cuando acabaste viuda y teniendo que regresar junto a tu padre suplicando? ¿Te echó en cara el hecho de que no le hubieras dado un nieto al que dejarle Santa Rosa? ¿O fue siempre ése tu objetivo? ¿El único medio para quedarte con tu adorada Santa Rosa era no tener un hijo? Pues tengo una noticia que darte. Tendrás un hijo mío quieras o no. Hijo o hija. No me importa. Y nuestro hijo heredará Santa Rosa porque me complacerá ver cómo pierdes aquello que tanto adoras.

Entonces la besó con odio y a Cristina se le llenaron los ojos de lágrimas. Parecía que a él le hubiera gustado estrangularla allí mismo, pero sin embargo le tomó la mano y, en ese momento, las puertas del ascensor se abrieron.

El vestíbulo estaba lleno de gente, y Cristina parpadeó para hacer desaparecer las lágrimas mientras observaba al hombre al que sabía que jamás perdonaría por haber dicho eso.

Al igual que no se perdonaría a sí misma por darle razones para decirlo.

–¿Adónde vamos? –preguntó ella.

–De compras –contestó él.

Anton deseaba poder tragarse las palabras que acababa de pronunciar en el ascensor. Pero estaba furioso por muchas cosas. Por no hablar del grado de manipulación que se estaba produciendo en su vida. Ramirez, su madre, Kinsella…

Y la noticia de que su madre conocía a Vaasco Ordoniz lo estaba devorando por dentro. Era sólo otra cosa más que los demás sabían y él no. Si tuviera un poco de sentido común, habría dejado aquel asunto, habría vuelto a Inglaterra y…

Fue entonces cuando lo vio. Aquel hombre estaba de pie frente al escaparate de una joyería. Era alto, con el pelo oscuro y un perfil latino, y tenía un modo de meterse las manos en los bolsillos tan familiar, que hizo que Anton se detuviese en seco.

¿Sería él? ¿Era posible? El deseo de ir allí y preguntarle a aquel hombre directamente si había oído hablar de Enrique Ramirez era como un veneno que le corría por la sangre.

–¿Luis…? –preguntó Cristina.

Apenas la escuchó. Apenas podía escuchar sus propios pensamientos. El hombre se dio la vuelta y, en cuanto lo miró a la cara, Anton supo que estaba mirando a un perfecto desconocido. No tenía ojos verdes, ni un hoyuelo en la barbilla, ni nada que pudiera recordarle a sí mismo.

–Luis, me estás haciendo daño en la mano.

Miró a la mujer que tenía a su lado y pensó en sus hermanastros. Sus hermanastros. Estaba convencido. Costase lo que costase iba a hacer que esa mujer fuera su esposa lo antes posible. Iba a darle un hijo. Y para conseguir esos dos propósitos estaba dispuesto a pasar por encima de quien se atreviera a interferir.

De hecho él mismo estaba preparado para interferir a su manera. Y comenzó allí, en la primera tienda a la que la llevó.

Una hora después, estaban en la habitación de invitados rodeados de bolsas de diseñadores con ropa que él había elegido.

–Ponte el vestido rojo –ordenó él–. Tienes más o menos una hora y media.

Tras dar aquella orden, salió de la habitación y cerró la puerta, dejando a Cristina sentada al borde de la cama mirando las bolsas que la rodeaban. Incluso con aquella mezcla de ira, odio y desconcierto, una parte de ella deseaba lanzarse sobre las bolsas.

Había bolsas que contenían faldas y camisetas de Nina Ricci, vestidos de noche de Valentino, trajes de día de Armani y Chanel. Podía ver el logo de Prada, Gucci, Jimy Choo… durante una hora, Luis la había llevado por un sinfín de tiendas sin soltarle la mano.

Se había mostrado encantador, había sonreído, había hecho comentarios graciosos a las dependientas, mientras que ella debía de haber dado la impresión de ser la amante malcriada y vanidosa por la cara que tenía.

Pero ella se había dado cuenta pronto de qué planes tenía Luis. Tratarla cariñosamente en público, pero despreciarla en privado.

Sus verdaderos planes habían sido hablar con su madre por teléfono mientras Cristina estaba sentada sobre la cama. Sí, se mostró sorprendido al escuchar que su madre estaba en Río. El conserje se lo había dicho, por supuesto, ¿quién si no? No, no tenía tiempo para compartir una taza de té con ella, pero una cena sí. ¿A las ocho en el restaurante Mezzanine? Sentía no poder recogerla en su suite porque tenía otros negocios que atender, ¿así que podrían encontrarse en el bar?

Kinsella regresó del banco con su aspecto habitual, con un jersey de color crema de cuello vuelto que estilizaba su figura y una falda a juego. Anton la observó mientras atravesaba el despacho. Fría, calmada y eficiente. Mirándola no había manera de saber lo peligrosa que podía ser bajo esa fachada de eficiencia.

–Ven a cenar conmigo esta noche –le dijo él, y vio cómo tomaba aliento antes de darse la vuelta y dirigirle una de sus estudiadas sonrisas.

–Yo…

–Mi madre acaba de llegar de Inglaterra –añadió Anton–. Pensé que podíamos hacer de su primera cena aquí algo especial.

–¿Y la señora Ordoniz?

–Dejémosla fuera de esto por ahora, ¿De acuerdo? –sugirió él.

–Me encantaría ir a cenar, gracias –aceptó ella.

Pensaba que por fin lo había conquistado.

Pensaba que tenía una aliada en su madre.

Pensaba que estaba a punto de meterse en su círculo familiar más íntimo y acabar con un final feliz. Después de que Max le hubiera abierto los ojos, Anton lo veía todo con claridad absoluta.

Desde luego el vestido era rojo, pensó Cristina mientras recorría su contorno con las manos. El hecho de que no se hubiera probado ni una de las adquisiciones de Luis en la tienda indicaba el buen ojo que tenía él. El vestido tenía mangas largas que comenzaban en las muñecas y se ceñían a sus brazos como una segunda piel, dejando los hombros al descubierto.

Mientras se miraba en el espejo consideró que era muy sexy. Definitivamente muy provocativo, sin enseñar demasiada piel. Los diamantes falsos de su madre brillaban en sus orejas y en su cuello, y se había recogido el pelo porque sabía que a Luis no le gustaría verla así. Iba muy maquillada, el vestido parecía requerirlo. Llevaba sombra de ojos oscura, rímel y, por supuesto, los labios pintados de rojo haciendo juego con el vestido y realzando su boca.

Y como hacía mucho tiempo, más de seis años, que no se ponía nada tan sexy y elegante, no pudo evitar poner una postura sexy frente al espejo.

—Ésta es la verdadera Cristina Marques —dijo una voz profunda.

Cristina se dio la vuelta de golpe sobre sus zapatos de tacón de aguja y se sonrojó al ver que la habían pillado coqueteando con el espejo.

Luis estaba apoyado en el marco de la puerta del dormitorio con un aspecto impecable con su traje negro y camisa blanca.

—Estaba empezando a pensar que había desaparecido para siempre —añadió—, pero aquí está. Guapa y exótica con su nuevo atuendo, y le encanta.

—Incluso la viuda de Ordoniz puede disfrutar de vestirse para la ocasión —contestó ella.

—Dices no haber usado nunca ese nombre. No lo uses ahora.

Se apartó de la puerta y atravesó la habitación con la elegancia de una pantera. Se detuvo frente a ella, abrumándola con su altura y su presencia masculina, haciendo que le temblaran las rodillas aunque no quisiera sentirse así.

—¿Diamantes? —murmuró mientras le pasaba el dedo por el colgante.

Cristina abrió la boca para decirle que eran falsos, pero su orgullo se lo impidió.

—Eran de mi madre —fue todo lo que dijo.

—Ah —contestó él, y apartó el dedo gentilmente, haciendo que se preguntara si se los habría arrancado del cuello de haberle dicho que se los había regalado Vaasco.

—No quiero pelearme contigo, Luis —dijo en un susurro deseando saber lo que estaba haciendo.

—¿Quién está peleando? —preguntó él metiéndose la mano en el bolsillo de la chaqueta.

—Lo que ocurrió entre nosotros hace seis años...

—Hace seis años —la interrumpió él—. Olvídalo, Cristina. Lo que importa ahora es lo que va a ocurrir en el futuro.

—No puedes...

—Puedo hacer lo que me venga en gana mientras yo lleve las riendas.

—¿Me vas a dejar decir una frase completa sin interrumpirme? —preguntó ella.

—No en este momento —contestó él, sacando la mano del bolsillo—. Dame tu mano izquierda.

—¿Para qué?

—Sólo dámela.

Le agarró la mano sin esperar a que ella se la ofreciese y pasó el pulgar sobre el dedo anular.

—No hay marca —dijo él.

—No —contestó Cristina. La marca del anillo de boda que Vaasco le había dado hacía tiempo que había desaparecido.

—Bien —murmuró él—. Me gusta.

Y entonces lo vio, justo cuando el anillo se deslizaba por su dedo. Diamantes incrustados alrededor de un rubí. Cristina sintió un vuelco en el corazón y un nudo en la garganta.

—¿Te gusta?

Claro que le gustaba. Le encantaba.

—Pero, Luis —dijo ella casi sin aliento—. Tenemos que hablar de...

—Trata de pensar en ello como mi sello de posesión —dijo él—. Pronto un anillo de boda se unirá a ése.

—¿Pronto?

–Sí, pronto –repitió él–. Tan pronto como pueda ser –entonces se agachó y la besó–. Y usarás mi apellido, querida. Cristina Scott-Lee suena muy inglés, ¿no te parece?

Cristina agachó la cabeza y no dijo nada. ¿De qué serviría si conseguiría rebatirle cualquier argumento que le diera?

Anton esperó sin soltarle la mano, deseando no haber dicho eso con aquella frialdad. No iba a ayudarle en absoluto si conseguía que lo odiara tanto como para rechazarlo otra vez.

Pero ése no era el tema, y él sabía que no era lo que realmente lo atormentaba. Cuando había entrado en la habitación y había visto su pose frente al espejo, como habría hecho una Cristina más joven, el corazón le había dado un vuelco.

¿Por qué? Porque en ese preciso momento se había dado cuenta de que seguía enamorado de ella. Quería recuperarla, pero eso no podía ser, y desear lo imposible no iba a cambiar nada. Cristina seguía siendo la mujer que lo había plantado seis años antes para irse con un hombre mayor, y él seguía siendo el hombre que buscaba venganza.

Dejó caer la mano.

Ella levantó la cabeza para mirarlo.

–Luis…

No.

Él apartó la mirada para no ver lo que fuera que aquellos ojos estuvieran intentando decirle.

–Si ya estás lista, vámonos.

En el vestíbulo, él pulsó el botón del ascensor. Había un espejo en una de las paredes del recibidor y Cristina no pudo evitar mirar hacia él. Lo que vio fue el perfil de un hombre alto, moreno, muy guapo y sofisticado con la frialdad y la elegancia de un in-

glés mezclada con los tonos exóticos de un brasileño.

—Ojalá nunca hubieras vuelto —dijo ella sin poder
evitarlo.

Él miró hacia abajo, vio que Cristina tenía los ojos
puestos en la pared y giró la cabeza. Fue como cho-
carse de golpe contra una verja electrificada. Sus ojos
verdes se oscurecieron, haciéndola sentir un intenso
calor por todo el cuerpo.

Lo que Luis estaba viendo estaba más allá de la
percepción de Cristina, pero se colocó justo a su lado,
la agarró de los antebrazos y la giró hasta que estuvieron los dos frente al espejo.

Luis se movió ligeramente, apenas se advirtió,
pero ella pudo sentir su erección contra su cuerpo y no
pudo evitar emitir un leve suspiro. Separó los labios
invitándolo a besarla. Él deslizó los dedos hasta sus
muñecas y los entrelazó con los suyos. Cristina observó sin aliento mientas él iba subiendo sus manos hasta
sus caderas, comenzando una exploración muy lenta
de su cuerpo, y que se detuvo sólo cuando llegó a la
altura de sus pechos. Ella sintió bajo sus propias manos cómo los pezones se le endurecían. Hacerle sentir
la excitación de su propio cuerpo era una experiencia
tan estimulante, que le fue imposible moverse ni emitir ningún sonido de protesta. Él se acercó más y su
deseo hacia ella quedó demostrado.

Anton se preguntaba si estaría volviéndose loco,
haciendo eso cuando los dos estaban a punto de bajar
y enfrentarse al público.

—Mírate —susurró él—. Eres la criatura más exquisita que he tenido tan cerca de mí.

—Y te odias a ti mismo por querer tenerme.

—Nada de odio —negó él manteniéndole la mirada—.
Me preocupa. Si no estoy en guardia, creo que podrías

volver a engancharme, y no creo que eso fuera bueno para mi…

—¿Plan?

—Iba a decir algo cursi como «corazón» —respondió—. Pero creo que eso sería demasiado sincero, así que de momento vamos a utilizar tu palabra.

En ese momento llegó el ascensor. Quizá fuera una suerte. Un poco más y Cristina lo habría arrastrado de vuelta a la suite.

El ascensor los llevó abajo. Cristina se quedó de pie frente a él, con sus manos unidas y presionadas contra su estómago. Él agachó la cabeza y le besó el cuello hasta llegar al hombro. Todo su cuerpo tembló. Cristina se restregó contra él y sintió su erección.

—Luis —susurró su nombre con la voz profunda de una mujer excitada.

Y así fue como los recibieron cuando las puertas del ascensor se abrieron, revelando a una criatura hermosa y vestida de rojo, perdida por el deseo hacia su amante alto, moreno y guapo.

Capítulo 8

CRISTINA se fijó en las personas que allí los esperaban y el corazón le dio un vuelco. Kinsella estaba allí, vestida con un traje ajustado de color azul que realzaba cada curva de su esbelta figura.

–¿Cómo has podido? –preguntó Cristina tratando de apartarse de él.

–Escucha –murmuró él–. Esa mujer que hay junto a Kinsella es mi madre. Es la persona más importante del mundo para mí, así que te comportarás como la perfecta prometida. ¿Comprendido?

¿Comprendido? Cristina apartó la vista de Kinsella, se fijó en la mujer que una vez había estado prometida con Vaasco y comprendió mucho más de lo que podría comprender Luis jamás, que las consecuencias de aquello ya estaban amenazando con destrozarle el corazón.

Maria Ferreira era una hermosa mujer vestida con un atuendo de seda color azul que hacía que pareciera tan delicada como una rosa.

Cristina no esperaba aquello. En las últimas cuarenta y ocho horas había estado tan centrada en Luis, que no había pensado en la posibilidad de tener que encontrarse cara a cara con la persona a la que Vaasco más había odiado.

Tragando saliva, intentó librarse del abrazo de

Luis, sintiendo la necesidad de parar aquello antes de que les explotara en la cara. Pero él no estaba dispuesto a escuchar.

—Compórtate —dijo él dándole un beso en la mejilla. Entonces le soltó una de las manos y los dos salieron del ascensor.

Y no fue casualidad que le dejara agarrada la mano izquierda, porque inmediatamente dos pares de ojos se fijaron en el anillo que adornaba su dedo.

La madre de Luis dio un par de pasos al frente tras recuperar el equilibrio.

¿Acaso lo sabía?, se preguntaba Cristina ansiosamente.

—Mamá —dijo Anton dándole un beso en la mejilla.

—Querido —respondió su madre.

—Pareces cansada —observó él—. Quizá debiéramos haber dejado esto para mañana para que pudieras dormir y descansar.

—Estoy bien. No hagas una montaña de un grano de arena —contestó su madre con una impaciencia tranquila—. Aunque di por hecho que íbamos a tener una cena privada, Anton. Tenía que hablar contigo urgentemente, pero…

—¿Podrás aguantar tu impaciencia hasta otro momento? —le sugirió su hijo—. *Minha querida* —añadió apretándole a Cristina la mano con más fuerza—, deja que te presente a mi madre, Maria Ferreira Scott-Lee. Mamá, esta hermosa criatura es Cristina Vitória de Santa Rosa… Marques…

La pausa, hecha para crear efecto, tuvo su recompensa. Anton pudo verlo al observar cómo su madre se ponía rígida.

—¿Es usted la hija de Lorenco Marques? —le preguntó Maria a Cristina.

—¿Conocía a mi padre? —preguntó Cristina.

–Nos vimos una vez, hace muchos años –contestó María–. Pero yo creía que…

–¿Conocías al padre de Cristina? –preguntó Anton–. Bueno, esta sorpresa inesperada hace que lo que voy a decir a continuación sea más especial. Mamá, puedes ser la primera en felicitarnos porque la bella hija de Lorenço Marques está a punto de convertirse en mi esposa.

–Vaya, menuda sorpresa –dijo la madre de Luis–. Enhorabuena –añadió, e incluso consiguió darle un beso a Cristina en cada una de sus mejillas cuando seguramente preferiría tener respuestas a múltiples preguntas que debían de pasársele por la cabeza.

¿Sería Kinsella la que había mencionado el apellido Ordoniz a la madre de Luis? Cristina no tuvo más que observar el veneno que desprendían sus ojos mientras los felicitaba para saber que así había sido.

Sólo que Luis parecía no darse cuenta de nada de lo que pasaba. Sonreía, se mostraba encantador y fingía ser el prometido más feliz de la tierra. Brindaron por su compromiso con copas de champán y luego se dirigieron al restaurante. Pidieron la comida y Luis eligió el vino.

El primer plato llegó con una floritura de cuatro camareros ansiosos por impresionar. Cristina observó su ensalada y se preguntó cómo iba a ser capaz de comer un solo bocado. Tenía un nudo en el estómago y la tensión se había extendido por todos los músculos de su cuerpo. Miró al otro lado de la mesa y observó cómo a la madre de Luis le estaba resultando increíblemente difícil mantener una conversación agradable y educada.

Kinsella comía y mantenía la mirada baja, pero lo que preocupaba a Cristina era lo que estuviera sucediendo detrás de aquellos ojos. ¿Cómo podía Luis hacerle una cosa así? ¿Cómo podía hacer que su amante se sentara allí y soportara aquello cuando había estado compartiendo su cama hasta hace tan poco?

Era un hombre despiadado. No cedía en nada. ¿Sabría su madre que había criado a semejante hombre?

—¿Puedo ver su anillo, señorita Marques? —le preguntó Maria.

—Cristina —corrigió su hijo.

Cristina estiró la mano para mostrar el anillo y la señora Scott-Lee lo contempló durante unos segundos antes de levantar la mirada y decir:

—Tengo uno igual. En vez de un rubí, el mío tiene una esmeralda en el centro que hace juego con el color de los ojos de mi hijo.

Entonces los ojos de su hijo se entornaron por alguna razón. Su madre se negó a mirarlo y la tensión se extendió entre ellos como un alambre de espino. En ese momento, los camareros llegaron para retirar los platos.

Mientras esperaban a que llegara el plato principal, fue la madre de Luis la que sorprendió a Cristina una vez más mencionando Santa Rosa.

—Una vez visité su casa, hace mucho tiempo —dijo ella—. Es un lugar tan bonito.

—*Obrigado* —murmuró ella.

—¿Tú has visto Santa Rosa, Anton? —le preguntó Maria a su hijo—. El rancho está cerca de la pampa y tiene pastos fértiles y valles rodeados de montañas. Y una barrera de bosque subtropical ejerce de barrera contra el océano.

Se quedó callada por un momento con los ojos perdidos en algún recuerdo lejano. Entonces parpadeó y continuó.

—Puede que me equivoque, porque fue hace más de treinta años, pero creo recordar que la casa en sí se parece a una mansión portuguesa.

Cristina asintió y se humedeció los labios con un sorbo de vino.

—Mis antepasados construyeron la casa hace más de trescientos años. Era normal que los colonos portugueses reprodujeran aquí el estilo de casa al que estaban acostumbrados en Portugal. Hay varias casas similares por la zona.

—Pero pocas fueron construidas y amuebladas con el estilo de Santa Rosa, creo.

Cristina bajó la mirada pensando en la casa que había dejado tan sólo unos días antes, donde la grandeza había dejado paso a la pintura descascarillada y a paredes húmedas.

—¿Cree que puedo conocer a su madre?

Cristina negó con la cabeza y dijo:

—Mi padre conoció y se casó con mi madre cuando estaba de visita en Portugal. Ella murió un año más tarde al darme a luz, así que dudo que la conociera.

—Es una pena entonces que su padre no haya podido cenar con nosotros hoy.

—Mi padre ha muerto, señora Scott-Lee —contestó Cristina tras una pausa.

—Ah, lo siento mucho —dijo Maria Ferreira—. Pero su padre se volvería a casar, ¿verdad? Le daría un hermano quizá para que pudiera heredar Santa Rosa.

—Soy hija única. Yo heredé Santa Rosa.

—Entonces mi hijo ha hecho una buena elección —dijo—. Vuestros hijos serán bendecidos por ambas partes de la familia, a no ser que ya tenga usted hijos de su anterior matrimonio, que naturalmente heredarían también.

Fue como recibir un puñetazo en el estómago. Cristina no contestó. No podía contestar. Kinsella le dirigió una sonrisa maliciosa desde el otro lado de la mesa que le heló la sangre.

—¿Preguntas eso por algo en especial? —le preguntó Anton a su madre.

—Yo pensaba que… bueno, que tu prometida ya había estado casada antes.

—Interesante —murmuró Anton—. ¿Y quién te ha hecho pensar eso?

—La señorita Lane y yo estábamos hablando sobre el interesante hecho de que tuvieras una invitada contigo justo antes de que llegaras, querido.

—La señorita Lane —dijo Anton sin ni siquiera mirar a Kinsella— debería saber que no debe meterse en los asuntos privados de los demás.

—¿Ni siquiera para contárselo a tu madre?

—Lo siento si crees que he sobrepasado mis tareas laborales, Anton —dijo Kinsella—, pero di por hecho que tu madre ya debía saber…

—¿Y por qué te metes en el primer avión desde Londres por una información que te ha dado mi secretaria? —continuó Anton.

—¿Max? —preguntó su madre sorprendida.

Anton asintió sobriamente y dijo:

—También me gustaría saber por qué el hecho de que Cristina haya estado casada antes debería ser interesante para alguien que no fuéramos nosotros dos, y por qué consideras necesario interrogarla de esta manera.

—Sólo estaba tratando de averiguar…

—¿Lo que me propongo?

—Apenas conoces a esta mujer, querido —dijo su madre—. Hace veinticuatro horas que la conoces. No es lo que parece. Es…

—La viuda de Vaasco Ordoniz —concluyó Cristina.

—Cristina…

Ignorando el tono de advertencia de Luis, ella miró directamente a su madre y dijo:

–Dado que dice que conocía a mi padre, debo dar por hecho que también conocía a mi marido, Vaasco.

–Él era…

–Sé lo que era, señora Scott-Lee. Me casé con él. Usted no –añadió Cristina, y vio cómo la otra mujer se ponía pálida–. Por lo tanto es perfectamente comprensible para mí, si no para Luis, que desee saber por qué estaba dispuesta a casarme con un hombre que era mucho mayor que yo.

–Me ha malinterpretado…

–En absoluto –agregó Cristina–. La comprendo perfectamente.

La madre de Luis parecía aterrorizada ante lo que fuera a decir después. Kinsella estaba claramente sorprendida y Luis estaba demasiado tranquilo como para que ella sospechara que tenía idea de lo que estaba a punto de suceder.

Pero no iba a ser Cristina la que se lo dijera. Dejaría que su madre confesara sus propios pecados, pensó mientras se ponía en pie.

–Creo que iré a…

–Siéntate –dijo Luis tirándole de la mano.

–Anton –dijo su madre. El tono de la conversación estaba empezando a llamar la atención de algunos de los comensales.

Junto a Cristina apareció un hombre joven e inmaculadamente vestido.

–Perdone que le interrumpa durante la cena, señora –murmuró–. Me han dicho que le dé esto.

Le entregó a Cristina un sobre blanco. Con todo lo que estaba ocurriendo en la mesa, aquello hizo que la escena cobrara un sentido de irrealidad al tiempo que el joven hacía una reverencia y desaparecía.

–¿De qué diablos va todo esto? –preguntó Anton.

Cristina echó un vistazo al sobre y se puso pálida.

—Disculpadme —dijo, se levantó de la silla y salió corriendo.

Anton se puso en pie para ir tras ella. Su madre también estaba de pie.

—No, Anton —dijo ella rápidamente—. Creo que la señorita Marques tiene que leer la carta a solas.

«No mientras esté yo aquí para impedírselo», pensó él, y se dirigió a seguirla.

—¡No puedes entrar en el servicio de señoras, cariño! —exclamó su madre.

—Iré yo si quieres.

—¡Usted se quedará aquí donde pueda verla, señorita Lane! —exclamó él.

Kinsella se quedó de piedra al escuchar el tono de su voz. Estaban todos en pie y la gente los miraba abiertamente.

Entonces Anton recordó de nuevo la llamada de Max. Hasta ese momento sólo se había concentrado en lo que estaba haciendo y en por qué lo estaba haciendo. Todo había ido saliendo bien y estaba bajo control. Pero entonces había recibido la llamada de su tío y la llegada de su madre había acabado por estropearlo todo. Las maquinaciones de Kinsella, los celos que había sentido al escuchar el comentario de Max sobre la viuda de Ordoniz y ver a aquel extraño en el centro comercial había sido demasiado. De hecho, en aquel momento había perdido toda la concentración que poseía.

Aquella cena debería haber sido como un juicio con el objetivo de demostrarles a su madre y a Kinsella Lane que, sin importar lo que pensaran, Cristina y él eran inseparables. El resto de lo que hubiera que decir, se diría en privado. ¿Por qué iba a querer hacer una escena de ello? ¿Por qué iba a querer avergonzar a Cristina delante de nadie? Era la mujer con la que iba a casarse, la mujer a la que…

Entonces lo supo. Aquello que había estado buscando había estado frente a él desde el momento en que la vio en la gala. Incluso antes, cuando había visto su nombre en negrita impreso en el documento y se había sentido plenamente vivo. Había tratado de engañarse a sí mismo diciendo que estaba enamorado de un recuerdo al verla con el vestido rojo frente al espejo, pero no era un recuerdo. Estaba ocurriendo, y era tan potente, que casi podía saborearse.

Debía de tener una cara extraña, porque su madre le colocó una mano en el brazo para llamar su atención y, cuando la miró, vio preocupación en sus ojos.

–Iré a ver si Cristina está bien –dijo ella.

La carta. ¿Qué había en la carta? ¿De quién era? Pero había otras cuestiones allí de las que tenía que ocuparse. Y la más importante era Kinsella Lane.

Le agarró la mano a su madre al ver que iba a buscar a Cristina y dijo:

–Es la persona más importante del mundo para mí, así que trátala con respeto, ¿entendido?

Su madre apretó los labios y asintió. Anton tomó aire, lo soltó y, para cuando se dio la vuelta para enfrentarse a Kinsella, ya había recuperado el control.

–Bien, hagamos que esto sea más formal, señorita Lane –dijo con frialdad absoluta–. Creo que nos ocuparemos de nuestros negocios en el despacho.

Entonces se dio la vuelta para atravesar el restaurante, ignorando las miradas de curiosidad que recibía y haciendo una pausa para firmar la cuenta. Mientras se dirigía hacia los ascensores, sacó el móvil para llamar a dos ejecutivos y decirles que fueran al despacho. Quería que hubiese testigos de lo que iba a suceder.

–Anton, por favor, escúchame –dijo Kinsella agarrándolo de la manga de la chaqueta–. No lo comprendes. Tu madre hizo que me fuera imposible…

–Harías bien en mantener la boca cerrada hasta que estemos en privado –contestó él.

Cristina estaba sentada en una silla mirando el sobre sin abrir. Iba dirigido a Cristina Ordoniz, lo cual ya era suficiente para que se le revolviese el estómago, pero lo que realmente le impedía abrir el sobre era el logo que aparecía impreso en una esquina.

Javier Estes y Asociados. Abogados.

Los abogados de Vaasco. ¿Cuántos horribles sobres como ése habría recibido en los meses posteriores a la muerte de Vaasco? Cada uno de ellos llevaba malas noticias. Cada uno había ido convirtiéndola en la persona temblorosa e insegura que era.

Pero las cartas habían cesado hacía tiempo, mucho antes de que su padre muriera. ¿Por qué comenzar de nuevo? ¿Y por qué dárselo en mano en mitad de un restaurante lleno de gente?

Se dijo a sí misma que la única manera de averiguarlo era abrir el sobre. Lo rompió con los dedos y sacó la única hoja de papel que había dentro.

Y entonces llegó la sorpresa. La carta no tenía nada que ver con la propiedad de su difunto marido. El señor Estes tenía más de un cliente, claro. ¿Pero Enrique Ramirez?

El estómago le dio un vuelco y siguió así mientras continuaba leyendo lo que había escrito.

Hablaba de un legado y ponía una cifra que la dejó atónita. Enrique Ramirez le había dejado suficiente dinero para salvar Santa Rosa.

En ese momento, se abrió la puerta y entró la madre de Luis.

–¿Estás bien? –preguntó la señora Scott-Lee.

–No.

—¿Te sientes mal? ¿La carta te ha disgustado?

—Creo que necesito irme a mi habitación —susurró ella.

—Claro —contestó la madre de Luis—. Yo te llevaré allí —entonces se detuvo—. Sabes lo de Vaasco y yo, ¿verdad?

Cristina asintió y dijo:

—Estuvo prometida con él, pero tuvo una aventura con otro hombre. Con este hombre.

Cristina sostuvo la carta en la mano. La madre de Luis la tomó con manos temblorosas y comenzó a leer.

—Otra vez Ramirez —suspiró tras un largo silencio, y se sentó en una silla junto a Cristina.

Cristina no sabía qué decirle. Sabiendo que una mujer de la posición de la madre de Luis había tenido una aventura bajo el mismo techo de su por entonces prometido, era difícil encontrar las palabras adecuadas.

—¿Conocías bien a Enrique para que te dejara todo este dinero?

—Lo vi una vez —contestó ella—. Él me salvó la vida cuando yo era muy pequeña. ¿Por qué me mencionó Luis su nombre?

—Anton —le corrigió la mujer.

—Sé su nombre, señora —contestó Cristina riéndose ligeramente—. Sé su nombre desde hace mucho tiempo. Seis años, de hecho. Desde que nos conocimos y nos enamoramos. Y entonces...

—¿Quieres decir que tú eres ella?

—¿Ella? —preguntó Cristina frunciendo el ceño.

—Nada —contestó la madre de Luis—. Olvida que lo he mencionado.

Se hizo el silencio. Y, en la línea de todas las cosas extrañas que habían ido sucediendo durante la noche, el silencio no fue tenso ni hostil como debería haber sido. Simplemente fue… silencio.

—¿Quieres a mi hijo? —preguntó de pronto la señora Scott-Lee.

«Me niego a contestar a eso», pensó Cristina.

—No me casaré con él si es a eso a lo que se refiere.

—¿Pero por qué no? ¿Qué tiene de malo Anton para que lo dejes no sólo una vez, sino dos?

—¿Quién dice que lo haya dejado dos veces? —preguntó Cristina.

—Nadie. Ha sido un error —contestó la mujer frunciendo el ceño—. ¿Por qué dices que no te casarás con él?

—Bueno, es un mujeriego, para que lo sepa.

—Sé que disfruta de la compañía de las mujeres —contestó la señora Scott-Lee—. Es guapo y joven y posee un apetito sexual normal. Sin embargo, cuando Anton se case, tendrá la decencia de serle fiel a su esposa.

¿La decencia? Cristina dejó escapar otra de sus carcajadas sarcásticas. Haría falta algo más que decencia para que Luis mantuviese cerrada la cremallera de su pantalón.

—La noche anterior a estar conmigo estuvo en los brazos de otra mujer.

—No te creo.

—La secretaria de Luis me ha dicho que son amantes desde hace meses.

—¿La señorita Lane? Sinceramente espero que te equivoques.

—Pues me temo que no —dijo, y se puso en pie sintiendo cómo amenazaban las lágrimas—. Dele esto a Luis y enséñele la carta —añadió quitándose el anillo y dejándolo caer sobre el regazo de Maria Ferreira—. Lo comprenderá.

Entonces se dio la vuelta para marcharse.

—No te dejará marchar —contestó la mujer yendo tras ella.

—¡No es elección suya! —exclamó Cristina.

—¡Anton no tiene elección! —dijo Maria—. Tiene que casarse contigo, Cristina, o no heredará nada de su padre.

¿Su padre? Cristina se dio la vuelta y preguntó:

—¿De qué habla? Su padre lleva muerto seis años.

—Quiero decir... —la señora Scott-Lee se detuvo—. No me perdonará por esto. No me perdonará por mi intromisión de todas formas, pero... —miró a Cristina—. Por favor, siéntate de nuevo. Tengo que explicarte algunas cosas.

El cara a cara de Anton con Kinsella no fue agradable. Habiendo sido pillada en sus propias maquinaciones, su secretaria le escupió todo su veneno. Entonces, delante de los dos ejecutivos como testigos, la destituyó oficialmente de su cargo.

—¿Crees que puedes hacerme esto cuando he dedicado estos seis últimos años a ti? —preguntó ella—. Desde el día en que heredaste el puesto de tu padre he trabajado mucho para llegar a ser todo lo que tú desearas.

—Pero yo no deseo lo que tú eres —respondió Anton.

—No —añadió Kinsella—. Prefieres a una bruja de pelo negro que estaba dispuesta a irse a la cama con el primero que pudiera.

—Mira, la diferencia entre que tú desees meterte en mi cama y que yo desee meter en mi cama a cualquier otra mujer es que ellas son deseables y tú no.

—Y a ella se le da muy bien hacer de zorra, ¿verdad? —contraatacó Kinsella—. Claro que es una mujer dispuesta a hacer cualquier cosa para conseguir lo que quiere, incluso casarse con un viejo. Me preguntó si se movía encima de él como la vi moverse encima de ti.

Mientras se ponía blanco como la pared, Anton recordó los acontecimientos del día anterior con la puerta abierta y revivió una situación que debería haber sido privada para Cristina y él.

Pero Kinsella había entrado en el despacho y había seguido el rastro de ropa tirada hasta el dormitorio. Podía imaginársela mirándolos antes de irse a husmear en sus documentos y llamar a su madre.

—Sacadla de aquí —les dijo a los dos ejecutivos.

Al entrar en su suite cinco minutos después, se encontró a su madre muy tensa sentada en una silla. Al verlo se puso en pie de un salto.

—Anton…

—¿Dónde está Cristina?

—Primero tenemos que hablar —dijo su madre.

—¿Dónde está? —repitió él mientras salía disparado hacia los dormitorios. Quería saber qué había en esa maldita carta. Quería saber qué era lo que la había hecho salir corriendo.

—¡Se ha ido! —exclamó su madre—. Se ha ido a Santa Rosa, querido. Ella…

—Si la has convencido para que se marchara, no te lo perdonaré nunca.

—Se ha marchado por decisión propia, te lo prometo —insistió Maria—. Puede que yo sea tonta, Anton, pero… —se detuvo unos segundos—. Ella me pidió que te dijera que se pondrá en contacto contigo para explicártelo cuando sienta que pueda.

—¿Cuando sienta que pueda qué?

—Dice que la señorita Lane es tu amante —explicó Maria—. ¿Anton, significa algo para ti haber descubierto quién era tu verdadero padre? Enrique iba de mujer en mujer. Se lo pasaba bien con ellas, sí. Pero murió siendo un hombre infeliz y solitario.

—No quiero oír hablar de él —contestó él.

—¡Y sin embargo es por él por lo que estás aquí!

—Ya —dijo él soltando una carcajada. ¿Sabes, mamá? Puede que no haya visto a Enrique Ramirez una sola vez en la vida, pero creo que él me conocía mejor que tú, incluso que yo mismo. Estoy aquí por Cristina. Estoy enamorado de Cristina. Siempre lo he estado. ¡Siempre he querido a Cristina!

Entonces se llevó la mano a la boca. Fue un gesto nada familiar para ninguno de los dos.

—Oh, *meu Deus* —dijo su madre, y se derrumbó en la silla.

—Voy tras ella —dijo Anton.

—¡No, Anton, por favor! ¡Espera! —exclamó ella volviendo a levantarse—. Hay cosas que debo explicarte antes de que hagas eso.

Capítulo 9

CRISTINA estaba ocupada junto al granero principal cuando un sonido le hizo mirar hacia el cielo y ver un helicóptero acercarse. Sobrevoló la granja un par de veces antes de decidirse a aterrizar fuera de su campo de visión.

Tenía que ser Luis. Ni se le ocurrió que pudiera ser otra persona. Habría ido a tener su última gran confrontación, aunque no había imaginado que llegara tan pronto.

Tratando de no dejarse llevar por la excitación, volvió a lo que estaba haciendo, pero sintió cómo se acercaba.

Anton se detuvo a varios metros de distancia mientras observaba cómo ella transportaba fardos de heno del granero a la furgoneta y Pablo, su ayudante, los observaba a los dos. Ella parecía demasiado delicada para que se la pudiera tocar, pero sin embargo levantaba los fardos como un hombre.

Se acercó más y le dirigió una mirada gélida al ayudante para que se marchara. Luego centró la atención en Cristina.

—Mírame —ordenó.

Su respuesta fue inclinarse con la intención de levantar otro fardo, así que Anton se acercó más y puso el pie encima. Vio cómo se quedaba quieta mientras contemplaba sus zapatos hechos a mano y sus pantalones de seda. La tensión entre ellos aumentó mientras ella iba subiendo la mirada y fijándose en la chaqueta que llevaba abierta dejando ver debajo la camisa blanca que todavía llevaba puesta.

—¿Impresionada? —preguntó él al verle la cara—. Me llevó horas convencer a la compañía de helicópteros para que me dejaran volar a mí solo. Antes de eso tuve que llegar a Sao Paulo. Considérate afortunada de que me retrasara, o puede que en este momento te encontraras postrada sobre este fardo con mis dedos en tu cuello. Pero sin embargo no tengo energía. Tengo calor, estoy cansado, y necesito ducharme y afeitarme. Y también necesito beber algo urgentemente porque tengo la garganta seca. Y algo de comida no estaría mal, dado que echaste a perder la cena anoche.

Entonces, para asegurarse de que su próximo movimiento surtiera efecto, se inclinó lo suficiente para mirarla directamente a los ojos, que parecían tristes y vulnerables.

—En otras palabras, cariño, lo que ves aquí es un hombre al borde de su paciencia. Así que ten en cuenta que ignorarme ahora podría ser algo muy peligroso.

Ella parpadeó y tragó saliva. Anton le mantuvo la mirada durante un rato y consideró la posibilidad de besarla, pero entonces se enderezó y quitó el pie de encima del fardo.

Cristina se fijó en su maletín tirado en el suelo.

—Luis…

—Anton —dijo él—. En este momento no me siento muy Luis.

—No me casaré contigo.

—De acuerdo —convino él encogiéndose de hombros—. Ahora muéstrame esta gran inversión que he hecho.

—¿Me puedes escuchar?

–Sólo cuando tengas que decirme algo que quiera escuchar.

–¡Ya no necesito tu dinero! ¿Es que tu madre no te lo ha dicho?

–¿Lo del legado que mi padre te ha hecho?

–¿Tu padre?

–Ya sabes que Enrique Ramirez era mi padre porque mi madre te lo dijo. Y ahora que ya hemos dejado atrás las mentiras, ¿puedes enseñarme los alrededores, por favor?

Cristina observó a aquel hombre alto y arrogante con su maravilloso acento y sus buenas maneras y sus ojos le indicaron que debía tener cuidado.

–Puedo pagar mis deudas –dijo ella con la barbilla alta.

–Puedes intentarlo –dijo él con una sonrisa–. Pero en el momento que intentes liquidar tus deudas, se las pasaré todas tus deudas al consorcio Alagoas. No serán tan fáciles de contentar como yo.

–Tú no eres fácil de contentar –suspiró ella, entonces se dio la vuelta y se quitó los guantes de trabajo que llevaba puestos, lanzándolos sobre el fardo que había al lado.

Sin mirarlo una sola vez, se dirigió hacia la bomba de mano que había junto al granero y se lavó las manos. Luego, se quitó el pañuelo que llevaba en la cabeza y lo humedeció para poder quitarse el sudor de la cara y el cuello.

Si Luis pensaba que había tenido un mal día, entonces debería haber vivido el suyo. Tres trabajadores se habían marchado cuando ella había partido para Río, dejando a Pablo solo para hacer el trabajo de cuatro, cinco si se contaba a sí misma. No les había pagado en meses, ¿así que cómo podía culparlos por dejar el trabajo? Y cuando había entrado en la casa, había encontrado a Orraca, el ama de llaves, arrodillada frotando el suelo de la cocina, que se había inundado debido a la rotura de una cañería. Luego, Pablo y ella habían salido fuera a ponerse al día con el trabajo. Eran las dos de la tarde, el sol calentaba más fuerte que nunca y lo único que quería era darse esa ducha que Luis había mencionado, irse a la cama y dormir durante cien años si pudiera.

Una mano le quitó el pañuelo mojado. Luis lo escurrió, lo dobló cuidadosamente y se lo colocó alrededor del cuello.

—No seas amable conmigo —protestó ella tratando de controlar las lágrimas.

—¿Preferirías que fueran mis manos y no el pañuelo? O quizá preferirías que me diera la vuelta y me marchara de nuevo.

Cristina abrió la boca, pero no dijo nada. Entonces él le colocó las manos en los hombros y la acercó a su cuerpo. Antes de que pudiera saber lo que estaba haciendo, Cristina levantó las manos y comenzó a juguetear con su pajarita.

—Estoy en tu sangre —murmuró él con voz profunda—. Y tú estás en la mía. ¿Por qué seguir peleando?

«Porque tengo que hacerlo», se dijo a sí misma, y se apartó de él.

—¿Quieres tomar algo? —preguntó.

—¿Y otra cosa?

—¿Quieres? —insistió ella.

—Si vas a enseñarme los alrededores, entonces no tenemos tiempo para comer y beber. Se avecina una tormenta —explicó él—. Preferiría utilizar el helicóptero para ver Santa Rosa desde el aire mientras podamos.

En ese momento Cristina se rindió.

Se dijo a sí misma que ya habría otro momento para pelear, así que sin decir palabra se giró para buscar a Pablo, que estaba a la sombra del granero, y le pidió que llevase la bolsa de Luis a la casa.

Tras asentir con la cabeza, Pablo obedeció, y Cristina supo que, para cuando regresaran, toda Santa Rosa estaría al corriente de que un hombre le había impuesto su voluntad.

Luis se quitó la chaqueta y se la entregó a Pablo para que la llevase dentro junto con la bolsa. Cristina ya había sacado una botella de agua de la nevera que tenía en la furgoneta. Sin decir nada le entregó la botella a Luis y él se la bebió con ansia de camino al helicóptero. Diez minutos después, estaban en el aire y Cristina le explicaba lo que iban viendo mientras él escuchaba, preguntaba y pilotaba el helicóptero como si hubiera nacido para ello.

Anton advirtió cómo la voz de Cristina iba suavizándose a medida que explicaba lo que iban viendo. Y comprendió por qué. Santa Rosa era un lugar increíble de fuertes contrastes.

Volaron sobre explanadas con ganado desperdigado y algún gaucho de vez en cuando, luego cambiaron de escenario y sobrevolaron los verdes prados llenos de riachuelos. Cristina le dio instrucciones para que sobrevolara una colina y llegar a un valle poblado por pequeñas casas blancas, cada una con su pequeña porción de tierra.

–¿Esto es parte de Santa Rosa?

Cristina asintió.

–El valle que sobrevolamos ahora es la zona que el consorcio Alagoas quiere echar abajo –explicó, y Anton no necesitó más datos para saber lo que perderían los habitantes de las casas blancas si eso sucedía.

Luego lo dirigió hacia el otro lado del valle. Casi inmediatamente Anton se dio cuenta de por qué le había hecho ir allí. Incluso antes de elevarse sobre el borde del valle, vio el bosque como una pared verde oscura delante de ellos. Una falla natural en la corteza terrestre había creado una garganta en el bosque que se extendía durante kilómetros hacia lo que en la distancia parecía ser el mar.

—¿Es eso? —preguntó él mientras sobrevolaban el riachuelo que serpenteaba por mitad del surco.

—Sí.

—¿Qué le ocurre al río cuando llegan las lluvias?

—Se desborda.

—¿Y qué pretenden hacer con las inundaciones cuando construyan la carretera?

—Planean construir la carretera a cada lado del río, por encima del nivel del agua cuando se desborda.

—El banquero que hay en mí dice que es una mina de oro. La persona que hay en mí dice que es una pérdida criminal —dijo él.

Cristina no dijo nada. Y así se quedaron los dos durante el camino de vuelta. Aterrizaron detrás de la casa, pero no antes de que Anton hubiera sobrevolado un par de veces la mansión de dos pisos. No dijo nada sobre el lamentable estado, pero mantuvo una expresión severa mientras descendían.

El calor de la tarde era intenso, y el silencio entre ellos lo era mucho más, haciéndose más patente a medida que se acercaban a la casa. La casa estaba rodeada por un pequeño muro de cal blanca que la separaba del resto de Santa Rosa. Un arco abierto les dio paso a los jardines, que en su momento debían de haber sido hermosos, pero que, como el resto de la casa, estaban en decadencia.

—Todo está muy tranquilo —observó él.

—Es la hora de la siesta —murmuró Cristina.

La tensión entre ellos se hizo más fuerte cuando entraron en la casa. Sin decir palabra, Cristina lo guió por un pasillo y luego por unas escaleras circulares.

Anton miró a su alrededor y observó los suelos desgastados y astillados y los óleos de las paredes, que parecían haber contemplado tiempos mejores.

Deseando que Orraca le hubiera dicho a Pablo que colocara la bolsa de Luis en la única habitación disponible de invitados de las doce que había, Cristina abrió una puerta.

Contempló aliviada que la bolsa estaba allí y se echó a un lado para dejarle pasar.

–Hay un baño tras esa puerta –dijo–. Prepararé algo de comer y beber para cuando regreses abajo.

Él no dijo palabra alguna, simplemente se quedó de pie en la habitación mirando a su alrededor. Cristina cerró la puerta silenciosamente y se apoyó contra la pared más cercana. Cerró los ojos con fuerza y sintió los latidos de su corazón acelerado. Se negó a pensar por qué se sentía así.

Entonces se apartó de la pared y salió corriendo como una loca por las escaleras hasta llegar a la cocina, situada en la parte trasera de la casa. Seguía sin permitirse pensar qué estaba haciendo mientras sacaba una bandeja y la colocaba sobre la mesa de la cocina. Dos minutos después, ya había preparado pan tostado, mermelada, una jarra de limonada fría y un plato de fruta fresca cortada que había encontrado en el frigorífico. Entonces, en un último impulso, corrió a la bodega y eligió al azar una de las botellas de vino de su padre.

«Triste, débil, patética», se dijo a sí misma mentalmente mientras tomaba la bandeja y se dirigía de nuevo a las escaleras.

En el dormitorio Anton estaba experimentado una tensión similar, que se traducía en presión en el pecho y un nudo en la garganta.

Aquel lugar era como un museo olvidado. ¿Cuánto tiempo llevaría ella deambulando por allí como un fantasma sin una vida de la que mereciese la pena hablar? ¿En qué estaba pensando al preferir vivir así y no con él llevando una vida plena?

Se quitó la camisa por encima de la cabeza y la utilizó para secarse el sudor de la cara, luego la tiró al suelo, sobre una alfombra persa que en su tiempo habría costado una fortuna.

«Bueno, ya no», pensó mientras terminaba de desvestirse. La alfombra, al igual que las sábanas de la cama y las cortinas a juego, necesitaban renovarse, junto con el resto de la casa.

Abrió la bolsa y sacó su neceser. Se dirigió después hacia la puerta por la que se accedía al baño. Esperando ver una bañera de hierro con una jarra de agua al lado, su opinión no cambió en absoluto al descubrir un conjunto funcional y antiguo a la vez de útiles de higiene esperándolo. Encendió la ducha que colgaba sobre la bañera y disimuló su sorpresa al comprobar que el agua que salía era clara. Entonces centró su atención en afeitarse.

Cristina se sentía más relajada para cuando llegó a la puerta del dormitorio con la bandeja. Llamó a la puerta mordiéndose el labio y abrió.

Luis no estaba allí. Sintió un vuelco en el estómago que podía haber sido de alivio, aunque no estaba segura. Al dejar la bandeja sobre la mesa que había junto a la ventana, oyó el sonido de la ducha y fue entonces cuando vio la ropa de Luis tirada en el suelo.

¿Iría a hacerlo?

Volvió a sentir el vuelco en el estómago. Su corazón hizo lo mismo porque sí, iba a hacerlo. Sólo esa vez, sólo en esa ocasión iba a hacer lo que realmente quería hacer y actuar como en el sueño que la había atormentado durante seis años, y que tenía que ver con Luis, con esa casa y con esa cama.

Su ropa aterrizó sobre la de él. Con dedos temblorosos se soltó el pelo y agarró la pajarita de Luis para retirarse el pelo de la cara.

El golpe en la puerta sonó mientras Anton se estaba secando la cara con una toalla limpia. Se giró y vio cómo la puerta se abría, quedándose completamente helado cuando Cristina entró completamente desnuda, cerró la puerta tras ella y se giró para mirarlo.

Ahora que había llegado tan lejos, Cristina no sabía qué decir ni qué hacer para que algo ocurriera. Si la rechazaba, se moriría allí mismo. Escuchó el agua detrás de la cortina de plástico y observó el vapor, sabiendo entonces que el antiguo calentador funcionaba, no como en otras ocasiones.

–He pensado que podríamos compartir la ducha –dijo ella con voz casi inaudible–. ¿Te importa?

¿Que si le importaba? Por primera vez en seis años ella se había entregado a él, y no necesitaba palabras para decirle cómo se sentía al respecto. Sólo tuvo que mirar el sexo de él para saber que no le importaba en absoluto.

Cristina asomó la punta de la lengua mientras lo observa. La respuesta física que eso produjo en el cuerpo de él hizo que lo mirara de nuevo a los ojos. Sin decir palabra, él estiró una mano y apartó la cortina de la ducha.

Sintiéndose tímida de pronto, Cristina apartó los ojos de él y estiró una mano para comprobar la temperatura del agua que salía por la alcachofa de la ducha. Estaba demasiado caliente y la ajustó. Mientras lo hacía, sintió sus manos en las caderas, su erección contra ella mientras esperaba a que ajustara la temperatura correctamente. Por alguna razón, la situación le produjo una leve risita y desde detrás pudo escuchar la risa profunda y grave de Luis.

La tensión se rompió sin más. Él la levantó para meterla a la ducha mientras le mordisqueaba el hombro. Cristina sintió el agua caliente en su cuerpo. El vapor le nublaba la mirada. Luis nublaba todo lo demás.

La tocó, la acarició y la amoldó a su cuerpo siguiendo los chorros de agua. Ella respondió levantando los brazos para rodearle el cuello y giró la cara para poder besarlo. Cuando eso no fue suficiente, se giró del todo para mirarlo y fue entonces cuando comenzaron los verdaderos besos y caricias.

Luis deslizó la mano por entre sus muslos. Se hicieron el amor el uno al otro con sus bocas y sus dedos hasta que ambos estuvieron como perdidos, pero él no pensaba dejar que eso acabara tan deprisa, porque una vez que acabara, ninguno sabía lo que sucedería, y ninguno quería saberlo.

Así que suavizó las cosas tratando de localizar el jabón y comenzó a lavarla por todo el cuerpo mientras ella se quedaba de pie observándolo.

–Luis, Luis –no paraba de repetir.

Él se preguntaba si sería consciente de que decía su nombre como una llamada secreta a un amante perdido. «Estoy aquí», quería decir él, pero tenía miedo de romper el hechizo que los rodeaba.

En vez de eso, le entregó el jabón y se mantuvo en pie mientras ella lo lavaba, lo acariciaba, hasta que no pudo aguantar más, apagó la ducha y salió de la bañera. Los envolvió a los dos con sendas toallas y luego la tomó en brazos para llevarla al dormitorio.

Se quedó sorprendido al ver que las sábanas de la cama habían sido retiradas. Ella lo había planeado, sabía que iban a acabar así. Aquella mujer testaruda que era su mayor enemiga lo apartaba con una mano y tiraba de él con la otra.

Cayeron sobre la cama e hicieron el amor mientras el sol de la tarde iba descendiendo poco a poco. Y cuando acabó, no había acabado, porque siguieron tocándose, besándose, hasta que el hambre y la sed hicieron que ella se levantara a por la bandeja.

No se había olvidado de nada. Anton sonrió cuando colocó la bandeja en la cama entre ambos y le entregó la botella de vino para que la abriera. Mientras, ella se arrodilló y untó el pan tostado con la mermelada, ofreciéndole un bocado y sonriendo cuando él le entregó el vino para que lo sirviera.

—Por Dios, estás tratando de envenenarme —dijo él al probar el vino. Para su sorpresa, contempló cómo a Cristina se le llenaron los ojos de lágrimas—. ¿Qué he dicho? Cristina, no seas cría. Estaba bromeando. Mira, prueba el vino. Te garantizo que está malo.

Ella negó con la cabeza y Anton sintió la ira crecer en su interior como un monstruo. ¿Quién diablos la había convertido en una persona tal, que era capaz de echarse a llorar por una copa de mal vino?

¿El bastardo de Ordoniz?

Se bebió el resto del vino y dejó la copa sobre la bandeja.

—De acuerdo —dijo entonces—. Vamos a hablar de esto. ¿Desde cuándo te pones tan triste por una copa de mal vino en vez de tirarme la tuya a la cara por ser tan insensible?

—Quería que fuese perfecto.

—¿Querías que qué fuese perfecto?

—Esto… —dijo ella mirando la cama y la bandeja, y a él—. Tú y yo aquí, nuestra última vez juntos.

Nuestra última vez…

Se avecinaba otra batalla entre los dos. Anton trató de controlarse apretando los labios, pero no iba a ocurrir. La ira contenida durante seis años se estaba avinagrando mucho más que el vino.

–Así que todo esto –dijo él señalando a la bandeja–., la visita sorpresa al baño y el resto ha sido sólo por sexo, ¿verdad?

–No.

–Un último revolcón con tu inglesito antes de darle la patada una vez más.

–Tú…

–Ya lo he entendido –anunció él mientras salía de la cama.

–¡Luis… no! –exclamó yendo tras él–. ¡No lo comprendes!

–¿Qué hay que comprender? Ya he visto cómo van las cosas aquí. ¿Tú no? Tú huyes y yo te sigo. Tienes sexo y vuelves a huir o, como en este caso, me das la patada.

–No pretendo que sea así.

–¿No? –dijo él, y emitió una carcajada sarcástica, se puso unos pantalones y se los abrochó–. He vuelto a pedirte que te casaras conmigo. Me he ofrecido a salvar este horrible lugar. Te he dado sexo. ¿Quién es aquí el tonto? ¿Tú o yo?

En esa ocasión, ella no contestó. Él alcanzó una camiseta blanca y se la puso inmediatamente.

–Y por supuesto no debo olvidar que ahora tienes otras opciones –continuó amargamente–. Enrique Ramirez se ha encargado de eso.

–Tú dijiste…

–¿Qué dije? ¿Que le pasaría tus deudas al consorcio Alagoas si tratabas de reembolsarme el dinero? ¿Realmente crees que soy tan malvado como para hacer algo así?

Sin esperar una respuesta, emitió un suspiro y se dirigió a buscar un par de calcetines en su bolsa. Sacó otra camiseta doblada de color blanco y se la lanzó a ella.

—Tápate —dijo como si odiara la visión de su cuerpo, y se sentó en la cama sin mirarla para ponerse los calcetines—. Te casaste con un hombre que podía haber sido tu padre para salvar todo esto en una ocasión. Me encantaría saber por qué no puedes hacer lo mismo conmigo.

—Tú no eres viejo.

—¿Así que ahora te gustan los hombres mayores? ¿Su piel arrugada te excita?

«Si tan sólo lo supieras», pensó Cristina mientras se ponía la camiseta y él metía todas sus cosas en la bolsa.

—Tienes un aire muy latino —dijo ella viéndolo con los pantalones y la camiseta blanca.

—Soy inglés —declaró él—. Hasta la última gota de mi sangre.

—Antes no solías negar tu parte brasileña —susurró Cristina—. Tú...

—¡Pues ahora sí! —exclamó—. Hace seis años me rechazaste por ser inglés. No querías mudarte a Inglaterra y ser la mujer de un banquero. No querías engendrar niños ingleses que no fueran apasionados. Haber descubierto que mi padre era brasileño no cambia la persona que soy por dentro, Cristina. Sigo siendo un inglés que piensa como un inglés. Y te prometo que regresaré a Inglaterra y me casaré con una inglesa, seguiré siendo este banquero inglés que engendrará niños banqueros ingleses, mientras que tú consigues tu más preciado deseo.

Sin más, se inclinó para cerrar la bolsa, maldijo al recordar que se había dejado el neceser en el baño y se dirigió hacia allí, dejando a Cristina con la cara pálida.

Sintió un escalofrío y se llevó una mano a la boca al pensar en la crueldad que había empleado con Luis seis años antes.

Se había burlado de su educación inglesa, de su acento de escuela privada y de su familia de banqueros. Había rechazado su oferta de matrimonio y había exigido saber de dónde había sacado la idea de que lo que compartían fuese a ser más que una aventura.

Y luego se había marchado.

Pero en esa ocasión sería Luis el que se marchara. Y pudo ver en su cara cuando volvió del baño que en esa ocasión no regresaría.

Volvió a cerrar la bolsa y se dirigió hacia la puerta sin ni siquiera mirarla.

—No –dijo ella, y salió corriendo hacia él, colocándose frente a la puerta–. Necesito que me escuches.

—Quítate de en medio, Cristina –ordenó él.

—Por favor –rogó Cristina–. Antes de irte debes comprender por qué no puedo casarme contigo.

—Si vuelves a repetir eso una vez más… –dijo él dando un paso al frente.

—¡Te mentí, Luis! –exclamó ella–. ¡Todo lo que te dije hace seis años era mentira! Nunca quise hacerte daño. ¡Siempre te he amado más que a nada en el mundo! ¡Pero yo no soy lo que necesitas! Tu madre dijo que…

—¿Mi madre? ¿Qué diablos tiene que ver ella con esto?

—Nada. Ella te quiere.

—Genial –contestó él–. Así que todo el mundo me quiere –añadió dejando caer la bolsa al suelo–. ¿Qué se supone que debo decir ante esa afirmación, Cristina? ¡Ahora no me importa que me pisotees!

–¡No me grites! –gritó ella–. Tengo que decirte algo y es duro para mí.

–¿Decirme el qué? –preguntó él. No iba a ponérselo fácil–. ¿Que me rechazas por mi bien?

–¡Estaba embarazada de ti cuando te fuiste para asistir al funeral de tu padre!

Capítulo 10

AQUELLA confesión escapó de sus labios en el mismo instante en que comenzaba la tormenta. Anton se quedó paralizado mientras el cielo se oscurecía a su alrededor.

Cristina estaba sufriendo. Todo el cuerpo le temblaba y tenía los brazos apretados contra el cuerpo como si trataran de sujetarlo.

Y no podía mirarlo. Le dolía mirarlo. Cuando el primer relámpago iluminó la habitación, Luis habló.

—¿Embarazada? ¿Estabas embarazada y no me lo dijiste?

—Entonces yo no lo sabía —dijo ella mirándose los pies descalzos—. Me enteré después, cuando ya te habías marchado.

Todo había sido perfecto para ella. Estaba enamorada de Luis y embarazada de él, y él regresaría a buscarla tan pronto como pudiera, y entonces...

—Deseaba decírtelo cada vez que me llamabas por teléfono. Pero tú llorabas la muerte de tu padre y estabas tratando de ocupar su puesto, así que decidí esperar hasta que regresaras a Río. Pero...

El bebé no había esperado tanto.

—Lo perdí. Antes de que regresaras a por mí.

—¿Cómo lo perdiste? —preguntó él.

—Estaba trabajando en la cafetería cuando noté el dolor. Lo siguiente que recuerdo es que me llevaban al hospital en ambulancia. Tenía miedo y tú no estabas allí.

Como un hombre que no quería que nadie viera su expresión, Anton le dio la espalda y escuchó su voz temblorosa.

—Estaba en peligro. Me lo dijeron. El bebé no se estaba desarrollando en el lugar adecuado. Y dijeron que si no lo sacaban, yo…

Se detuvo para tragar saliva. Era demasiado. Anton la miró y trató de tomarla en sus brazos. Pero Cristina no quería eso. Quería, necesitaba, estar sola con eso porque era así como se había enfrentado a ello entonces. Y todo había sido muy rápido. Llevaba en su interior el bebé de Luis y al minuto estaba…

—Cuando me desperté, había acabado —continuó—. Dijeron que había habido complicaciones. Tuvieron que quitar demasiado. No habría más bebés.

—Dios mío —dijo él.

—Mi padre llegó al hospital. Alguien había contactado con él cuando me ingresaron. Él…

Él estuvo junto a ella como un ángel de la oscuridad, descargando sobre ella su vergüenza y su odio. La acusó de manchar el apellido de los Marques.

—Él quería saber de qué le serviría yo si no iba a poder darle un nieto para que heredara Santa Rosa. Él… dijo que qué tipo de hombre querría casarse con una mujer estéril.

—¿Qué tipo de hombre era él para decirte semejantes cosas?

—Un hombre desesperado —contestó Cristina—. Santa Rosa estaba muy endeudada ya entonces. Su única posibilidad de salvarla era casándome con un hombre que estuviera dispuesto a pagar bien. Me escapé cuando comenzó a presentarme a los posibles candidatos. Entonces te conocí, viví contigo, me quedé embarazada y…

Luis sabía cómo funcionaban las cosas en la alta sociedad anticuada, una virgen valdría un alto precio en el mercado del matrimonio. Una que no lo fuera valdría mucho menos.

Una mujer estéril no valdría nada.

—La próxima vez que vino al hospital, llevó a Vaasco con él —continuó ella—. Vaasco estaba dispuesto a invertir mucho dinero en Santa Rosa si me casaba con él.

—¿Y dijiste que sí, así sin más?

—No, no lo dije —por primera vez lo miró a los ojos. Estaba pálida y asustada—. Los mandé a paseo. Necesitaba tiempo para estar sola, para llorar y pensar. No tenía ningún lugar al que ir así que regresé a tu apartamento. Allí había un mensaje tuyo esperando en el contestador diciendo que estabas de camino a Río. Así que esperé a que llegaras. Iba a decirte lo que había ocurrido, pero tuvimos esa horrible pelea…

—Necesitabas hacerme daño por todo el daño que tú estabas padeciendo.

—Tú hablabas de matrimonio y de bebés. ¿Cómo crees que me hizo sentir eso, Luis? Estaba enamorada de ti y me dolía. ¿Habrías preferido que te dijera que sí y luego añadiera: por cierto, Luis, no podré tener hijos porque soy estéril?

—Sí, lo habría preferido —contestó él—. Tenía derecho a saberlo. ¿Crees que te habría abandonado si me hubieras contado la verdad?

—No quería darte esa oportunidad.

—Me echaste la culpa a mí.

Cristina miró hacia el suelo y pensó en ello. Sí, le había echado la culpa a él por no estar allí cuando lo había necesitado, pero en cuanto al resto…

—De acuerdo —dijo él apartándose de ella—. No te preocupes por eso. Ahora mismo me culpo yo mismo.

—No —dijo ella—. No te lo he contado para hacerte sentir culpable.

—¿Entonces para qué me lo has contado?

—¡Para hacerte ver por qué no puedo casarme contigo!

—Te casaste con Ordoniz sabiendo que no podrías darle hijos. ¿Por qué no casarte conmigo?

—Porque él no me importaba, pero tú sí me importas.

—Ese hombre no tenía hijos, Cristina —dijo él—. Seguramente se casó contigo para que pudieras darle un descendiente.

—¡No soy tan retorcida! ¿Por qué siempre tienes que buscar algo malo en mí? ¡Vaasco no podía tener hijos! No podía tener sexo. Él… el accidente, el caballo. Sufrió lesiones ahí. Y no me deseaba porque fuera joven y por todas esas cosas que estás pensando. Quería castigarme porque yo fui la causante de su accidente y… —hizo una pausa antes de seguir—. ¿Te ha dicho tu madre lo que era Vaasco para ella?

—Oh, sí —su madre había sido totalmente sincera con él al final.

—Vaasco nunca la perdonó —dijo Cristina, y se rió con frialdad—. Perdonó a Enrique Ramirez por su intervención en la aventura de tu madre porque era hombre y «a un hombre se le permite chupar el néctar si hay néctar que chupar», como decía Vaasco. También sabía lo tuyo y lo mío. Mi padre se lo había dicho. Él esperaba que tú vinieses a por mí. Quería ver cómo te hería cuando vinieras. Quería que tú sufrieras por lo que había hecho tu madre, viendo cómo me casaba con él. Hizo que me quedara en Río con él durante un año, esperando a que regresaras.

Pero él no había regresado.

—¿Dejaste que te hiciera eso sin pelear?

—Me compró a mi padre del mismo modo que tú has estado intentando comprarme. Cuando te vendes, pierdes el derecho de pensar por ti misma.

Anton no sabía qué hacer. Cristina tenía razón con respecto a él. Siempre buscaba algo malo en ella. Lo había hecho seis años antes cuando había dado por hecho todo lo que le decía sin molestarse en cuestionarse por qué lo decía. ¿En qué tipo de hombre le convertía eso?

Incluso había ido a Brasil en busca de venganza por lo que había hecho. No tenía que haberse molestado. Cristina ya había estado castigándose a sí misma.

Entonces miró a la cama, a la bandeja con comida, y sintió las lágrimas en la garganta porque comenzó a entender todo lo que ella había hecho desde que él había regresado.

Un acto de amor por él que a sus ojos había sido tan inútil que tenía que ser dura después de ello, ¿o si no cómo iba a dejarlo marchar?

—Volvamos a la cama —dijo finalmente.

—¿Has escuchado algo de lo que acabo de decirte? —preguntó ella mirándolo a los ojos.

—Lo he escuchado todo —convino él—. No cambia nada.

—Oh, *meu Deus* —suspiró ella—. Luis, sé lo de a última voluntad de Enrique. ¡Sé por qué necesitas casarte rápidamente y engendrar un hijo! Tienes hermanastros a los que tienes que…

—No hables de ellos —dijo él. Ellos no tenían cabida allí, en aquella habitación, en aquella situación y con aquella mujer que había sacrificado tanto. Bueno, él estaba a punto de aprender lo que era sacrificar algo que deseaba tanto. Porque desde ese momento no tenía hermanastros. ¿Cómo podía tenerlos cuando…?

No podía permitirse pensar en eso en aquel momento si quería salir airoso.

—Tenemos que hablar de ellos —insistió Cristina—. El único modo de conocerlos es casándote con una mujer que pueda darte hijos.

Anton se puso rígido. Ella no lo sabía. Al menos no todo.

—Bueno, tú no puedes tener eso conmigo —continuó ella—. Así que puedes irte y casarte con esa horrible Kinsella Lane.

Él se rió. No estuvo bien por su parte reírse con tanta tensión en el ambiente, pero lo hizo. Porque allí estaba aquella hermosa y trágica mujer diciéndole que se fuera y a la vez protegiendo esa maldita puerta como si su vida dependiera de ello.

Anton se quitó los zapatos y por un momento pensó que ella iba a lanzarse sobre él furiosa.

—¡Luis…!

—Ése soy yo —dijo quitándose la camisa.

—¡Si no paras…!

La agarró tan deprisa, que apenas tuvo tiempo de emitir un grito de protesta antes de que le tapara la boca con la mano.

—Ahora escúchame —dijo él—. No voy a dejar de quererte sólo porque pienses que debo hacerlo, y no pienso marcharme. Voy a casarme contigo te guste o no, y seguiré queriéndote hasta que me muera. Así que acostúmbrate.

Después de decir aquello, se enderezó, le quitó la mano de la boca y le agarró los brazos para tirar de ella hacia la cama. Le llevó cinco segundos librarse de la bandeja, otros dos volverla a agarrar y luego tumbarse en la cama con ella encima.

—Pequeña —murmuró él mientras le acariciaba la mejilla—. ¿Tan mal partido soy?

–No –susurró ella, se inclinó sobre su pecho y lloró, sintiendo cómo seis años de miseria manaban de sus ojos.

Anton no dijo nada. Sólo la sostuvo ahí deseando que hubiera algo que pudiera hacer para consolarla, pero no lo había.

Después, se giró con ella y los tapó a los dos con la sábana.

Y por su puesto la besó. ¿Cuánto tiempo podría permanecer un hombre impasible mientras una mujer está a su lado con el corazón roto?

–*Eu te amo* –dijo–. *Nada matérias outras. Eu te amo.*

Hasta que las palabras se convirtieron en besos y los besos en algo más. Incluso quedó sorprendido al ver cómo una tragedia así podía generar la pasión que acabaron compartiendo.

Anton aún no se había recuperado del todo cuando se deslizó cuidadosamente bajo su cuerpo y se levantó de la cama. Ella estaba dormida, abrazada a la almohada. Él se puso la ropa que había tirada en el suelo y se prometió a sí mismo que esa vez permanecería vestido. Entonces salió de la habitación haciendo el menor ruido posible.

Necesitaba estar solo para pensar.

Cristina se despertó y vio que estaba abrazando una almohada. Se incorporó, parpadeó y trató de averiguar si la luz grisácea que entraba por la ventana era la del día que acababa o la de uno nuevo que comenzaba.

Se sentía caliente y sudorosa y le dolían todos y cada uno de los músculos como si no los hubiera movido durante horas. Recordó los acontecimientos que habían hecho que se quedara dormida en esa cama, aunque en realidad no quería pensar en ello.

La bolsa de Luis aún seguía ahí, pero él había desaparecido. Se levantó y descubrió que llevaba puesta su camiseta de nuevo, aunque no recordaba cuándo había vuelto a ponérsela.

Se asomó a la ventana y vio que era de día. Había dormido toda la tarde y la noche entera, junto con gran parte de la mañana.

Se dirigió corriendo a su dormitorio, se duchó y se puso ropa limpia tratando de relajarse antes de ir a buscar a Luis. Entonces se llevó la sorpresa de su vida al descubrir a un hombre, un perfecto desconocido, vestido con traje y deambulando por el vestíbulo con una carpeta.

—Buenos días, señorita —dijo el hombre cuando la vio en las escaleras, y continuó con lo que estaba haciendo.

—¿Sabe usted dónde está el señor Scott-Lee? —preguntó Cristina comenzando a sentirse furiosa.

—Creo que casi todos están en la cocina —contestó mientras entraba en una de las habitaciones.

¿Casi todos?

Cristina se dirigió a la cocina. De camino allí, se cruzó con una de las mujeres del pueblo, que regresaba de la cocina llevando un cepillo y un recogedor. Saludó a Cristina y, cuando le preguntó qué estaba haciendo, la mujer contestó que estaba allí para ayudar a Orraca con las tareas de la casa.

Cuando llegó a la cocina, no pudo creer lo que vio. Sentada a la mesa estaba Orraca bebiendo té nada menos que con la madre de Luis, que estaba preciosa con una camisa y unos pantalones de lino azules.

—Oh, buenos días, Cristina —dijo la mujer.

—Buenos días —contestó ella desconcertada.

—Veo que te sorprende verme aquí y no te culpo —dijo ella—. Cuando mi hijo se propone mover montañas, las mueve. Por favor, ven y siéntate con nosotras. Orraca y yo estábamos recordando los viejos tiempos.

—¿Cuánto tiempo lleva aquí?

—He llegado hace media hora. Pero el equipo de expertos de Anton lleva aquí desde el amanecer.

—¿Equipo?

—Los hombres que están comprobando el terreno que bordea el bosque con la intención de conseguir una orden de protección.

—¿Protección?

—Sí. Anton cree que es mejor hacerlo oficialmente, y entonces no tendrás que enfrentarte a gente avariciosa como los del consorcio Alagoas que aparezcan por la puerta de atrás, por así decirlo. Ven y siéntate. Orraca, tráeme otra taza y un plato, si no te importa, querida.

Orraca se levantó inmediatamente de la mesa e hizo lo que le pedían para sorpresa de Cristina, porque nadie, absolutamente nadie, le decía a Orraca lo que tenía que hacer.

—¿Dónde está Luis? —preguntó Cristina.

—En Sao Paulo, ocupándose de otros negocios. Dijo que desayunaras bien antes de empezar a gritarme —dijo Maria Ferreira.

Cristina se sentó frente a la taza de té.

—Supongo que piensas que está bien que los extraños circulen por mi casa —le dijo a Orraca.

—Es arquitecto —dijo la señora Scott-Lee—. Un experto en restauración histórica. Y está enamorado de tu casa, Cristina. Casi le rogó a Anton que le diera el trabajo. ¿Qué tomas normalmente para desayunar, querida?

—No desayuna —contestó Orraca—. No come. ¿Por

qué crees que está tan delgada? Me sorprende que tu hijo quiera casarse con alguien tan…

–Creo que tomaremos tostadas con mantequilla –dijo la madre de Luis–. Normalmente no me permito comer mantequilla. No es buena para la figura ni para el corazón, pero dado que aquí la fabricáis vosotros mismos, ¿cómo podría resistirme?

–Señora Scott-Lee… –dijo Cristina tratando de pensar muy bien lo que iba a decir.

–Por favor, llámame Maria. Todo el mundo lo hace, excepto Anton, claro. Si prefieres llamarme «madre» como él hace a veces. Aunque me parece que eso es demasiado inglés.

–Es que él es inglés –dijo Cristina.

–¿Eso crees? Supongo que a ti te lo parecerá.

–Señora… Maria…

–Además, no has conocido a su tío Maximilian todavía. Él si que es inglés, con bombín y paraguas. Mira, aquí están las tostadas. Orraca, creo que te voy a llevar lejos de aquí. ¿Crees que te gustaría vivir en Londres?

Cuando Cristina comenzó a darse cuenta de que no se le iba a permitir hacer preguntas sobre lo que estaba ocurriendo, tomó una tostada, se untó mantequilla y dio un bocado, antes de beberse el té mientras las otras dos mujeres conversaban sobre las ventajas y desventajas de vivir en el extranjero.

Iba a matar a Luis cuando apareciera. ¿Quién se creía que era? Hacerse cargo de la casa como si fuera suya sólo porque había accedido a…

Se puso en pie debido a la sorpresa.

Pero lo había dicho, ¿verdad? Había dicho que sí a su proposición de matrimonio.

–¿Cristina, qué ocurre? –preguntó Maria.

–Quiero ver a Luis –insistió ella–. ¡Exijo ver a Luis!

—Hija, no está aquí.

—No soy su hija, señora Scott-Lee —contestó Cristina—. Soy la viuda de Ordoniz, la mujer por la que usted ha recorrido kilómetros para impedir que se casara con su hijo.

—Eso fue ayer —dijo Maria acariciándole la mano—. Hoy no podría alegrarme más por vosotros dos.

—¿Por qué iba a alegrarse?

—Ah, aquí están mis dos guapos escoltas —dijo la mujer con una sonrisa cuando los dos ejecutivos de Luis aparecieron en la cocina—. Espero que esto signifique que Anton ha regresado.

—Ha ido directamente a la biblioteca.

—¿Mi biblioteca? —preguntó Cristina.

—Eh… sí.

—Por favor, discúlpenme —dijo ella.

Salió de la cocina y de camino a la biblioteca se cruzó con la mujer del pueblo que estaba barriendo el suelo y con el arquitecto que estaba comprobando el estado de la pintura de las paredes. Era como ser invadida. Abrió la puerta de la biblioteca de golpe y vio a Luis junto a su escritorio, usando su teléfono, vestido con un traje oscuro de rayas y dando la impresión de dominar el mundo.

Su mundo.

Cristina cerró de un portazo para llamar su atención. Él se giró y la dejó sin aliento, porque parecía tan grande, tan fuerte y…

—¿A qué te crees que estás jugando? —preguntó ella.

Anton borró la sonrisa de sus labios y colgó el teléfono. Se apoyó sobre el escritorio y la miró mientras decidía cómo iba a enfrentarse a aquello.

—Lo has olvidado —dijo.

—¿Olvidar qué?

—Que en una semana nos casaremos —añadió—. Es normal…

—¿Una semana? ¡No pensé que fuera tan pronto!

—He adelantado la fecha. Te lo dije anoche cuando estábamos…

—De acuerdo —dijo ella levantando la mano—. Volveremos a empezar esta absurda conversación. Hay un hombre en mi casa comprobando el estado de las paredes.

—Es un arquitecto.

—Sé lo que es. Tu madre ha tenido la delicadeza de informarme. Lo que quiero saber es en qué momento di mi permiso para que viniera.

—No lo hiciste. Lo hice yo.

—¿Y de dónde te has sacado tú ese permiso?

—No voy a contestar a eso. No me atrevo —dijo él.

—Creo que también hay un equipo examinando mi propiedad.

Él asintió y dijo:

—Cuando nos casemos, Santa Rosa pasará a formar parte de la herencia. ¿O también te has olvidado de eso?

—¿La herencia para quién?

—Para quien tú quieras. Dado que no podremos pasar todo nuestro tiempo aquí, he pensado que lo mejor sería que Santa Rosa estuviera todo lo protegida que fuese posible. Mi equipo también examinará el bosque. El gobierno no ve con buenos ojos la deforestación. De hecho me sorprende que no se consiguiera una orden de protección hace años.

—Me habría gustado que me consultaras antes de que invadieran Santa Rosa.

—No había tiempo —dijo él—. Estabas dormida y necesitaba organizar las cosas. Mi madre…

—¿Por qué está tu madre aquí?

–¿No es bienvenida?

–Claro que es bienvenida –dijo Cristina frunciendo el ceño–, pero…

–Quiere ayudarte a elegir tu vestido de boda. Pero si prefieres que…

–¡Luis, no voy a casarme contigo!

–No empieces otra vez –suspiró él–. ¿Por qué puerta quieres que me marche para poder ponerte en mi camino?

Ella se sonrojó. Anton sabía que cambiaría de opinión en cuanto abriese los ojos aquella mañana. Sabía que la adorable criatura con la que había hecho el amor no había estado más que preparándose para volver a pelear por la mañana. Había planeado estar fuera de su camino hasta el momento de enfrentarse con ella de nuevo.

–Voy a decirte algo que había prometido guardarme para mí, pero ver cómo intentas apartarme de ti a cada instante ha hecho que cambie de opinión. Cuando Ramirez me tentó para venir a Brasil a buscarte, lo hizo con una frase concreta que insistía en que enmendase las cosas con la mujer a la que había abandonado seis años antes, dejándola en una situación muy mala.

–Pero tú no hiciste eso.

–¿Ah, no? Pensaba que no. Pensaba que tú eras la que tenía que enmendar errores por cómo me echaste de tu vida, pero mírate, Cristina. Te has convertido en una sombra de lo que eras, de la criatura vital que eras hace seis años. ¿Te habrías convertido en lo que eres si yo me hubiera quedado a tu lado y hubiera luchado por lo que quería? No, no lo habrías hecho. No habrías dejado que tu padre te vendiera a un canalla vengativo porque no te importaba lo que te ocurriese. Habrías sido mía. Y, siendo mía, habrías salido de tu desgracia y habrías visto que no necesitabas nada más que ser la persona que eras para que yo te quisiera. Sin embargo me marché. Lo cual convierte la acusación de Ramirez en verdadera. Porque te debo esto por no ser suficiente hombre para pensar por qué necesitabas librarte de mí. Te lo debo, por seis años miserables.

Cristina se marchó. Anton se quedó de pie mirando la puerta que cerró tras ella. No sabía por qué se había marchado ni en qué estaba pensando. Ni siquiera sabía si no había cometido el mayor error de su vida diciéndole que él también tenía su parte de culpa.

Capítulo 11

ORRACA encontró a Cristina en su dormitorio mirando por la ventana.

–Enrique Ramirez es el padre del gaucho inglés. Su madre acaba de decírmelo –anunció–. Enrique es el hombre que te salvó la vida cuando yo te solté la mano. Apartó al caballo de ti corriendo un gran riesgo. Si Ramirez quiere que te cases con su hijo, hazlo. Le debes eso.

–Todo el mundo parece deberle algo a alguien –murmuró Cristina.

–Sí –convino Orraca–. Pero una deuda sólo se convierte en una carga si no quieres pagarla. Tú quieres pagar la deuda, pero aquí estás rodeada de malos fantasmas que hacen que la deuda se convierta en una carga. Sal de aquí, Cristina –le dijo la mujer–. Cásate con el hijo de Enrique Ramirez, escupe a los fantasmas a la cara y mira lo que la vida te ofrece.

–¿Felicidad? –preguntó Cristina mirando a la mujer que había estado con ella toda su vida.

–Si él es hombre suficiente para sacarte de aquí como su padre lo fue para librarte del caballo, entonces es hombre suficiente para hacerte feliz. Su madre está abajo esperándote para llevarte a Sao Paulo. Ve con ella, cómprate el vestido más bonito que encuentres y cásate con él. Si sale mal, siempre podrás regresar aquí y ser miserable.

Cristina se rió. No pudo evitarlo ante un consejo tan tajante. Orraca simplemente se encogió de hombros y abandonó la habitación.

Quince minutos más tarde Cristina estaba sentada junto a su futura suegra en un helicóptero camino de Sao Paulo.

Anton vio cómo se marchaban desde una de las ventanas. Cristina no regresaría allí antes de casarse, aunque eso ella aún no lo sabía. Y tampoco volvería a verlo a él hasta el momento de estar frente al juez y hacer sus votos.

Él se quedaría en Santa Rosa hasta el día en que se casaran en Río. Y Gabriel Valentim ya no era una vía de escape para ella, porque era demasiado romántico. Gabriel estaba tan convencido de que Cristina y Anton estaban hechos el uno para el otro, que había accedido a ser su padrino. E incluso Rodrigo Valentim se había mostrado convencido de que en su corazón quería lo mejor para Cristina.

El abogado había escuchado todo lo que Anton le había dicho aquella mañana en Sao Paulo y había leído los documentos que mostraban que, si Cristina no era feliz en su matrimonio, Santa Rosa siempre estaría allí para ella. Luego había jugado su carta maestra y le había preguntado a Rodrigo si podría entregar a la novia. Recordando el modo en que el hombre había aceptado, Anton sabía que la casa de Rodrigo Valentim tampoco supondría una vía de escape para Cristina.

Si todas esas personas conseguían que Cristina apareciese en el registro, entonces eso sólo le dejaba a él con la perspectiva de un rechazo cara a cara delante de todo el mundo en la sala azul de su hotel en Río.

¿Podría enfrentarse a eso?

Sí, podría. Podría enfrentarse a cualquier cosa porque en esa ocasión no iba a decepcionar a Cristina. Y al pensar en aquello, centró la atención en su siguiente tarea.

Se dirigió a sentarse en el escritorio del difunto Lorenco Marques y descolgó el teléfono.

Dos minutos después, una voz suave y fría lo recibió.

—Buenas tardes, señor Scott-Lee. Es un placer saber de usted.

—Puede que dentro de unos segundos no opine lo mismo, señor Estes —contestó Anton—. Llamo para renunciar oficialmente a cualquier parte de la herencia de Enrique Ramirez.

—¿Puedo preguntarle por qué ha tomado esa decisión? —preguntó el señor Estes tras un breve silencio.

—Eso es personal.

—Sus hermanastros…

—Sobrevivirán sin conocerme.

—¿Pero sobrevivirá usted sin conocerlos, señor?

—Sí —contestó él. Tenía que hacerlo.

—Usted comprende que, haciendo esto, cualquier parte de la herencia de su padre…

—Ramirez no era mi padre.

—Es un punto discutible que dejaremos de lado por ahora. Como iba diciendo, usted comprende que su parte de la herencia irá a parar a Cristina Marques.

—Dado que ya le ha entregado parte a ella, creo que lo he comprendido, señor Estes —dijo Anton—. Por cierto, ¿fue algo ético?

—¿Fue algo ético que usted se llevara consigo a su amante a Río? —contestó el abogado.

—Explíquese.

—Creo que usted prefiere llamarla su secretaria —dijo el señor Estes.

—¿Así que el dinero fue a parar a Cristina como

una forma de castigarme a mí? ¿Es eso lo que quiere decir?

—Su... Enrique Ramirez esperaba que enmendara sus errores, no que los intensificara.

—No me acuesto con dos mujeres a la vez, señor Estes —dijo Anton con frialdad—. Al contrario que mi... padre, que parece haberse acostado con cualquier cosa que llevase falda.

—No era muy sabio en lo que respectaba a su vida personal —convino el abogado—. ¿Puedo preguntar por qué no se casará con Cristina Marques?

—Sí voy a casarme con Cristina —confirmó Anton—. El día de San Sebastian a las dos de la tarde en la sala azul de mi hotel. Está usted invitado, si quiere.

—Lo pensaré —contestó el otro hombre con educación—. Aunque no entiendo por qué, si se está retirando oficialmente de esto.

—Así es.

—Entonces comprenderá que, desde ese día, cualquier correspondencia en referencia a la herencia de Enrique Ramirez irá dirigida a su esposa.

—Por supuesto —convino Anton—. Precedida por mi nombre, si no le importa, dado que yo me haré cargo de los intereses económicos de Cristina desde ese día en adelante.

—Veo que el machismo sigue reinando en la pampa, ¿verdad, señor Scott-Lee?

—Seguramente —confirmó él.

—Entonces toda la correspondencia de esta oficina hacia su esposa irá con su nombre —dijo el abogado.

—Y, dado que yo asistiré a las reuniones con o en nombre de mi esposa, ¿puedo preguntar si ella tendrá que asistir a todas las reuniones en su oficina que tengan relación con la herencia de Enrique?

—Eso, por supuesto, dependerá de su esposa.

–Gracias.

–Por favor, no hay de qué. Antes de colgar, señor Scott-Lee. Tengo curiosidad. ¿Sabe por qué su padre se tomó tanto interés personal en la señorita Marques?

–Creo que le salvó la vida una vez.

–Y una vida salvada se convierte en la responsabilidad del salvador –confirmó el abogado–. Enrique vivía con esa máxima en lo referente a Cristina. Incluso le encontró un trabajo en una cafetería en Copacabana cuando se escapó de casa hace siete años, aunque no creo que ella lo sepa. Por supuesto fue pura coincidencia que la cafetería fuera el sitio que usted frecuentaba cada tarde de camino a su casa. El destino le echó una mano, ¿no cree?

–¿Entonces dónde diablos estaba Ramirez cuando Cristina necesitaba protección de su padre y de ese bastardo de Ordoniz? –preguntó Anton.

–Soportando su primer ataque al corazón –respondió el abogado–. ¿Dónde estaba usted, señor Scott-Lee?

Anton daba vueltas de un lado para otro. Nunca pensó que el día de su boda estuviera tan nervioso. Siempre se había burlado de sus amigos cuando comenzaban a ir de un lado para otro en sus bodas. Y allí estaba él.

Cristina llegaba tarde.

Miró el reloj. No era muy tarde. Sólo llevaba unos minutos de retraso, prerrogativa de la novia.

–Anton… –dijo Gabriel tocándole el hombro.

Se giró y no le bastó más que ver la cara del otro para saber que su peor predicción estaba a punto de hacerse realidad.

–¿Dónde está? –preguntó él.

—No muy lejos —contestó Gabriel—. Está en el res-taurante de abajo, junto a la piscina. Quiere hablar contigo antes de…

Anton salió fuera corriendo y la vio al instante. Es-taba sentada a una mesa mirando al estanque. Llevaba el pelo suelto y un vestido de seda color verde, que hacía juego con los ojos de él.

Se sintió aliviado por un momento. Una mujer que se compraba un vestido para que hiciera juego con el color de ojos de su prometido no estaría pensando en darle calabazas. Cuando se acercó a ella, incluso son-rió al ver lo que llevaba puesto para mantenerse el pelo apartado de la cara.

—Hola —dijo él cuando llegó a su lado dándole un beso en la mejilla.

—Hola.

Anton colocó una silla a su lado y se sentó a hor-cajadas sobre ella.

Cristina levantó la vista y sintió que no sólo el co-razón, sino que todo su cuerpo se calentaba. Él estaba increíblemente atractivo, con el pelo negro y su piel dorada, y aquella sonrisa en los labios que la desarma-ba por completo. Llevaba un traje de lino color crema y la camisa de seda que llevaba bajo la chaqueta era casi del mismo color que su vestido.

—Ahora sé por qué mi madre compró esta camisa e insistió en que me la pusiera —dijo él mientras le toca-ba con el dedo la cinta de color crema que llevaba en el pelo—. Y tú has estado robándome las pajaritas otra vez.

—No bromees —dijo ella.

Un camarero apareció junto a su mesa. Sin dudar, Luis pidió dos copas de champán.

—Luis… —susurró ella ansiosa.

—¿Mmm?

Se inclinó hacia delante y apoyó los brazos sobre el respaldo de la silla, colocando la barbilla encima.

—Estás maravillosamente guapa. ¿Vendrás arriba y te casarás conmigo?

—¿Puedes hablar en serio por un momento?

—Hoy no —contestó él.

—Pero necesito hablar contigo.

—Podrías probar a mirarme cuando dices eso, cariño.

Ella levantó la barbilla con determinación en la mirada.

—¿Puedes escucharme por un momento sin…?

—¿Escuchar cómo intentas echarme de tu vida otra vez? Ni hablar.

—No quiero…

—¿Entonces qué quieres? —preguntó él.

—Quiero hablar de lo que realmente deseas —dijo ella.

—Deseo que seas mi esposa.

En ese momento llegó el champán.

—Por cortesía del hotel, señores —dijo el camarero con una sonrisa y desapareció.

—Piensa que ya estamos casados —dijo Cristina.

—Qué optimista. Pero él no conoce la afición de mi prometida a apretarme las tuercas.

—Estás enfadado.

—Casi —convino él mientras le entregaba la copa—. Ahora bebe. Vas a necesitar mucho coraje para mantenerte cuando me canse y decida tomarte en brazos y llevarte arriba. Y no creas que no lo haré, porque sabes muy bien que sí.

—¡Esto no es justo! ¡Si hubieras accedido a hablar conmigo por teléfono, no estaríamos aquí!

—¿Esta vez querías plantarme por teléfono?

—En cualquier momento te voy a dar una bofetada —dijo ella.

—Bueno, eso sería mucho mejor que quedarte aquí sentada dando la impresión de que vas a asistir a un velatorio. Sabes que te quiero, Cristina. He intentado demostrarte que es cierto de todas las maneras posibles, pero si no puedes quererme lo suficiente como para querer pasar el resto de tu vida conmigo, entonces lo aceptaré y te dejaré marchar.

—No me siento así —dijo Cristina estremeciéndose al pensar en que él pudiera dejarla marchar—. Vas a sacrificar demasiado por mí, Luis.

—No estamos hablando de mí. Estamos hablando de ti y de lo que quieres.

—Deseo sobre todo que tú seas feliz.

—¿Y crees que eres la que mejor puede juzgar lo que me hace feliz? —preguntó él sarcásticamente.

—Tus hermanastros —dijo ella—. No puedo dejarte sacrificar la posibilidad de conocerlos porque no puedo…

—Ellos no son lo importante —la interrumpió—. En serio, no son lo importante. Tú eres lo importante, Cristina. Tú lo sabes y yo lo sé, así que ve al grano.

—No creo que pueda volver a ser feliz en toda mi vida —admitió ella—. Y eso podría hacerte a ti infeliz, ¿lo entiendes?

—Podrías tener razón. Sé que yo nunca podré llenar el vacío que tienes en tu interior, y eso me hace infeliz, pero preferiría vivir con eso que vivir sin ti.

—¿Y qué hay del vacío que llevarás tú en tu interior porque no pueda darte un hijo?

Anton levantó la cabeza y divisó a su madre de pie no muy lejos de ellos. Supo que quería acercarse, pero la detuvo frunciendo el ceño.

—Ojalá hubieras conocido a Sebastian —le dijo a Cristina—. Si lo hubieras conocido, sabrías lo que es un padre de verdad y no habrías necesitado hacerme esa pregunta. Sebastian era… especial.

–Lo sé –asintió Cristina–. Hablabas mucho de él hace seis años, cuando…

–Lo que tú no sabes es que Sebastian siempre supo que yo no era su verdadero hijo –le dijo Anton–. Y aun así me quería, Cristina, desde que llegué a este mundo. El hecho de que fuera hijo de otra persona no le importó. Y si hay algo que desearía cambiar de mi relación con él, sería el haber podido saber que no era mi verdadero padre antes de morir. De ese modo habría podido demostrarle lo agradecido que le estaba por quererme tanto. Bueno, puedo hacerlo. Puedo querer al hijo de otra persona del mismo modo porque tuve al mejor maestro. Sin embargo la cuestión es si tú puedes hacerlo, Cristina. ¿Podrás aceptar al hijo de otra persona para que llene el vacío que sientes dentro como hizo Sebastian conmigo?

–Pero tú puedes tener tu propio hijo si quieres –insistió ella–. Quizá no ahora, pero en los años venideros puede que pienses otra cosa y…

–Ya no vivimos en la Edad Media, cuando la meta de un hombre en la vida era pasar sus genes a la siguiente generación –interrumpió él–. Hemos conseguido evolucionar, buscar otras metas en la vida. La mía es ponerte un anillo de boda en el dedo si dejas de ser tan testaruda.

–¿Realmente no te importa que tengamos que adoptar a nuestros hijos?

–Uno, dos, cinco… diez. Dios, Cristina, no me importa cuántos hagan falta para que te sientas mejor. Podríamos llenar Santa Rosa de niños si eso es lo que quieres.

–O podemos criar una docena de banqueros en Inglaterra –contestó ella riéndose.

Aquella risa fue suficiente para que Anton supiera que lo había conseguido. Se puso en pie, tomó a su prometida en sus brazos y la besó.

–¿Podemos casarnos ahora? –preguntó él esperanzado.

–Te quiero tanto, que me da miedo –confesó ella mirándolo a los ojos–. Pero si estás absolutamente seguro de que es lo que quieres, Luis, entonces sí. Vamos a casarnos.

Anton estuvo a punto de gritar de alegría, pero en vez de eso le pasó el brazo por encima del hombro y los dos se dirigieron hacia la salida del restaurante. Su madre comenzó a aproximarse con una de sus sonrisas esperanzadas. Recibió un beso de su hijo y otro de su futura nuera, y los tres entraron del brazo en el hotel.

Media hora después Anton se giró para besar a su esposa y los pocos invitados que había se aproximaron a darles la enhorabuena.

Alguien le dio un toque en el hombro. Él se giró y se encontró con un hombre joven inmaculadamente vestido. Un hombre al que ya había visto antes, en ese mismo hotel.

–Mis disculpas por interrumpir, señor –dijo el joven–. Me han pedido que le entregue esta carta.

La carta cambió de manos y el joven desapareció.

Todos los demás se habían quedado callados. Anton sonrió y abrió el sobre.

–¿Qué es? –preguntó Cristina.

Sin decir palabra él le entregó el sobre mientras desdoblaba la hoja de papel que había dentro.

–Tiene buena pinta, ¿verdad? –preguntó él–. Cristina Vitória de Marques Scott-Lee.

–No lo comprendo –dijo Cristina frunciendo el ceño.

–Es un regalo de bodas –dijo él entregándole la carta.

Cristina leyó y tuvo que releer hasta que comenzó a entenderlo.

–Rodrigo –dijo ella entregándole la carta a su abogado–. Por favor, explícame esto.

Rodrigo tomó la carta, la leyó y dijo:

–Está muy claro, *minha amiga*. Casándote con el señor Scott-Lee te has convertido en uno de los tres beneficiarios de la herencia de Enrique Ramirez. Eso te convierte en una mujer muy rica.

–Pero… ¿cómo? ¿Por qué?

–Por incumplimiento –dijo su abogado.

–Yo no lo quería –añadió Anton.

–Pero, Luis, esto te pertenece –le dijo ella–. Yo no lo quiero.

–No digas eso –dijo él, la levantó del suelo y la apartó de la gente para llevarla a un rincón en el que pudieran hablar tranquilos–. Estás preciosa. Te adoro. Y además vas a ser una esposa muy rica.

–¿Sabías que esto ocurriría? –preguntó ella sin comprender nada.

–Por supuesto.

–¿Entonces por qué estás feliz?

–Porque, *minha esposa bonita*, he conseguido el pastel que quería y me lo voy a comer.

–¡No digas tonterías!

–Yo nunca quise el dinero de Enrique, pero sí quería conocer a mis dos hermanastros.

–Sigo sin comprender –suspiró ella.

–Es simple. Enrique me puso ciertas condiciones para poder conocer a mis hermanastros.

–Sí. Una mujer y un hijo.

–No, querida –dijo él–. Me exigía que te tomara a ti como esposa y que engendráramos los dos un bebé. No pongas cara triste. No es una ocasión triste, te lo prometo. Enrique fue un canalla, pero creo que sabía que no podríamos cumplir sus exigencias. Incluso creo que planeó que las cosas acabasen así.

–Me gustaría saber cómo tenían que acabar.

–Encontrándonos el uno al otro y acabar así –explicó Anton–. Quería que bailase al son que tocaba. Quería que luchase con uñas y dientes para casarme contigo, pero no quería que lo hiciera mientras siguiera pensando que lo hacía por satisfacer sus deseos y no los míos. Y aquí está su crueldad, querida. Preparó un golpe maestro para obligarme a enfrentarme conmigo mismo. No necesitaba hacer eso. Yo me habría enfrentado a lo que sentía en las veinticuatro horas siguientes a volverte a encontrar.

–El golpe maestro era el bebé que yo no podía darte.

–Creo que también sabía que, una vez que hubiese conocido a mis hermanastros, le diría a su abogado dónde podía guardarse el dinero. Así que se aseguró de que no tuviera opción de rechazarlo. En vez de eso, iría a parar a ti, y yo me vería obligado a hacerme cargo.

–Yo puedo hacerme cargo de mi propio dinero –dijo ella levantando la barbilla.

–Espero que no, Cristina. De hecho cuento con que me cedas el control de todos tus intereses económicos.

Le quitó la carta a Cristina y le hizo leer el último párrafo.

Está invitada a asistir a la reunión en la oficina de Estes y Asociados a las cuatro de la tarde del catorce de febrero para escuchar la lectura de las últimas voluntades de Enrique Ramirez, en presencia de los otros beneficiarios.

–Tus hermanastros.

–Si han conseguido superar los obstáculos que, estoy seguro, Enrique les puso a ellos, como a mí.

–Vas a asistir a la reunión en mi lugar porque eres un machista dominante y arrogante y…

Los dos se rieron y los invitados, que los observaban desde lejos, respiraron aliviados.

Cuando acabó la boda, y tras la celebración, los dos regresaron a su suite, y el hecho de ser oficialmente marido y mujer llevó el sexo a otro nivel.

–El día se San Valentín –murmuró él poco después.

–¿Mmm? –murmuró Cristina tumbada encima de él.

–El catorce de febrero, el día de San Valentín. Me preguntó quién será el romántico que ha elegido esa fecha para el encuentro con mis hermanos.

–¿Tu padre?

–Mmm, no –dijo él negando con la cabeza–. Tenía más meses para llevar a cabo sus deseos. Supongo y espero que el haber adelantado la fecha de la reunión signifique que mis hermanos han conseguido también sus objetivos antes de lo esperado.

–Tú no has conseguido tu objetivo.

–Pero me aseguré de cazar a la mujer que se iba a quedar con el botín –dijo él con una sonrisa–. Soy un ganador y siempre lo he sido.

–Y un arrogante.

–Eso también.

–Aún sigo pudiendo retirarte el permiso para que acudas a la reunión en mi lugar.

–Pero no lo harás.

No –dijo ella acurrucándose–. Me pregunto si tus hermanos se parecerán a ti. ¿Puedes imaginarte a tres hombres altos, morenos y arrogantes pavoneándose como si dominaran el mundo?

–Probablemente nos odiaremos a primera vista.

–¿Te preocupa conocerlos?

–Sí, pero también me excita. De hecho me excita

demasiado –dijo rodeándola con un brazo–. Necesito diversión.

–¿El sexo es una diversión?

–Sexo no, hacer el amor con mi maravillosa esposa –dijo él–. La mejor diversión que existe.

* * * * *

Podrás conocer la historia de Joaquim Ramirez, hermanastro de Anton Luis, en el Bianca del próximo mes titulado:
EL GUARDIÁN DE SU CORAZÓN

Bianca®

Una vez pasara el escándalo…
¿tendrían alguna oportunidad de estar juntos?

Marc Clayton llevaba siendo agente de famosos el tiempo suficiente como para reconocer a una cazafortunas en cuanto la veía. Por eso cuando la bella Libby Sheridan se empeñó en hacer un escándalo e implicar a su mejor cliente, Marc decidió no separarse de ella.

Libby no tenía la menor intención de dejarse comprar ni esconder. Pero la lucha de poder fue convirtiéndose en pasión y Marc la metió en su cama…

Amante de un hombre rico

Kathryn Ross

Acepte 2 de nuestras mejores novelas de amor GRATIS

¡Y reciba un regalo sorpresa!

Oferta especial de tiempo limitado

Rellene el cupón y envíelo a
Harlequin Reader Service®
3010 Walden Ave.
P.O. Box 1867
Buffalo, N.Y. 14240-1867

¡Sí! Por favor, envíenme 2 novelas de amor de Harlequin (1 Bianca® y 1 Deseo®) gratis, más el regalo sorpresa. Luego remítanme 4 novelas nuevas todos los meses, las cuales recibiré mucho antes de que aparezcan en librerías, y factúrenme al bajo precio de $3,24 cada una, más $0,25 por envío e impuesto de ventas, si corresponde*. Este es el precio total, y es un ahorro de casi el 20% sobre el precio de portada. !Una oferta excelente! Entiendo que el hecho de aceptar estos libros y el regalo no me obliga en forma alguna a la compra de libros adicionales. Y también que puedo devolver cualquier envío y cancelar en cualquier momento. Aún si decido no comprar ningún otro libro de Harlequin, los 2 libros gratis y el regalo sorpresa son míos para siempre.

416 LBN DU7N

Nombre y apellido	(Por favor, letra de molde)

Dirección	Apartamento No.

Ciudad	Estado	Zona postal

Esta oferta se limita a un pedido por hogar y no está disponible para los subscriptores actuales de Deseo® y Bianca®.
*Los términos y precios quedan sujetos a cambios sin aviso previo.
Impuestos de ventas aplican en N.Y.

SPN-03   ©2003 Harlequin Enterprises Limited

Nuevos caminos

Caroline Anderson

Annie Shaw creía que su novio, Michael Harding, había muerto en un brutal ataque hacía ya nueve años. Jamás habría imaginado que Michael se había visto obligado a vivir todo ese tiempo bajo una falsa identidad...

Ahora que había pasado el peligro, Michael podía por fin recuperar su vida y volver con la mujer que amaba... y con un hijo que no sabía nada de su padre. Sólo deseaba que, con el tiempo, Annie se enamorara del hombre en el que se había convertido.

Había tenido que esperar nueve años para decir "Te amo"...

Deseo®

Un pasado de amor
Heidi Betts

Beth Curtis no quería estar junto a Connor Riordan ni siquiera en la boda de su hermano. Le recordaba demasiado las fantasías que habían invadido su adolescencia y cuyo único protagonista era Connor. Aquel enamoramiento había acabado en una sola noche de pasión y siete años de amargura. Ahora la ira de Beth chocaba con la atracción que sentía por Connor y la hacía aún más consciente de que no debía volver a enamorarse de él.

Fue entonces cuando una tormenta los dejó atrapados a los dos juntos y Beth se llevó una buena sorpresa. Connor deseaba seducirla... y llevaba siete años pensando cómo hacerlo.

**Él era el último hombre
con el que deseaba pasar por el altar...**